Rejoins-moi

Anais Colin

Prologue

Il y a des moments, dans la vie, où l'instinct prend le dessus sur tout. D'un coup d'œil, tu perçois que la situation est bizarre, inquiétante, dangereuse. Je ne parle pas de la fois où ton chargeur de téléphone a rendu l'âme un dimanche, ou de la chute de ton fard à paupières préféré une heure avant un rencard. Non, là, c'est différent. Quand, à mon réveil, j'ai constaté que le lit d'Allya était vide, j'ai su que c'était différent et... anormal.

Chapitre Un

Rachel

JE N'AI JAMAIS OBTENU DE MES PARENTS LE DROIT DE refaire la déco du salon. Apparemment, j'ai des goûts trop clinquants. N'empêche que s'ils m'avaient laissé carte blanche, on aurait reçu ce flic dans un fauteuil massant au milieu de meubles laqués noirs.

— Sachez que je vais faire tout mon possible pour retrouver votre fille. Mais vous devez me parler d'elle, de ses habitudes.

Mes parents acquiescent.

— Et bien, Allya est une ado normale. Elle est en terminale au lycée François Malherbe. Elle va s'entraîner chaque soir après les cours, elle pratique l'athlétisme à un assez bon niveau. Et puis, elle rentre à la maison vers 18 h 30, énonce ma mère d'une traite.

— Elle respecte toujours des horaires précis ?

— Oui, elle est assez routinière. Nous lui faisons confiance, répond mon père.

Vive la caméra de surveillance... D'aussi loin que je me souvienne, mes parents ont toujours équipé cette maison d'un système de surveillance haut de gamme. Comme ils le clament à tous leurs amis, ça leur permet de «jeter un œil sur leurs filles chéries au milieu de leur vie professionnelle débordante...». Dans ces moments-là, j'ai aussi envie de dire que ça leur évite de nous demander si on va bien et ce qu'on a fait de notre journée.

Le flic (il a peut-être dit son nom à un moment) note tout dans un carnet. Si tu crois qu'écrire «rentre à la maison à 18 h 30» va t'aider à retrouver Allya, tu es vraiment le dernier des abrutis. Ma mère explique qu'Aly respecte les règles, mon père ajoute qu'hier elle a passé la soirée avec nous, normalement. J'ai tellement mal au crâne que je les entends à peine.

— Rachel? C'est toi qui as remarqué la disparition de ta sœur, c'est ça?

Je jette un coup d'œil à mes parents assis tous les deux sur le canapé d'angle. Mais c'est bien à moi qu'on parle. S'il a l'info, pourquoi perdre du temps à me poser la question?

Je hoche la tête, histoire d'aller plus vite.

— Est-ce que ta sœur et toi êtes proches?

Je hoche la tête, histoire d'aller encore plus vite.

— Pourrais-tu m'en dire un peu plus, s'il te plaît? T'a-t-elle parlé d'un endroit où elle voulait aller?

Honnêtement, ça peut pas être un flic qu'ils nous ont envoyé, c'est un comédien ou un stagiaire ou un truc comme ça...

— Si je savais où elle était, je ne vous aurais pas appelé.

— Rachel, il a besoin de te poser ces questions, alors contente-toi de répondre, m'ordonne mon père.

J'essaie de penser à un truc sympa. Le Jaccuzi d'Éloïse qu'on squatte quand ses parents sont pas là, ça m'aide.

— OK. Ouais, on se dit tout avec Aly. Je sais toujours où elle est et avec qui. On est jumelles, précisé-je parce que ça explique tout. Tous les matins, en me réveillant, la première chose que j'aperçois, c'est son lit. Soit elle est dedans, soit il est fait au carré. Et ce matin, il était défait, son portable était pas là et...

Mon nez et mes yeux me piquent. Je serre les dents, fort.

— Elle a une photo de nous deux sur sa table de nuit. Cette photo a disparu. Et si la photo a disparu, c'est que ma sœur a disparu.

Ouais, ma sœur a disparu. Avec son téléphone, avec cette photo. Et elle ne m'a pas dit où elle allait.

Je suis rentrée tard cette nuit. Petite soirée de début des vacances de Pâques, bien sympa, justement chez Éloïse et son formidable bain à remous. Quand je me suis écroulée dans mon lit, je me souviens confusément avoir vu la silhouette de ma sœur dans le sien. La tête me tournait un peu et j'ai préféré fermer les yeux.

Ce matin, à mon réveil, je ne l'ai pas vue dans notre chambre. Et c'était bizarre, parce que j'ai tout de suite remarqué l'absence de la photo. Une nouvelle fois, je serre les dents. Les poings aussi.

Le flic acquiesce, en adoptant une mine compatissante de circonstance. Encore quelques questions de routine auxquelles mes parents répondent en improvisant. Il enchaîne en récapitulant.

— Alina étant mineure, sa disparition devient une priorité. Bien qu'on ne puisse pas exclure la fugue, avec la photo et le téléphone qu'elle a emportés...

— C'est ALLYA, m'empressé-je de corriger, ulcérée.

— Désolé, s'excuse-t-il en affichant une mine contrite. Petite erreur, croit-il bon d'ajouter.

— Espérons que ce soit la seule, grince mon père.

Si Aly était là, on aurait ri ensemble de voir les cheveux gris du flic se hérisser sur sa tête.

— Je vais faire mon travail méticuleusement, comme chaque fois, Maître Daxes, déclare-t-il en insistant sur les derniers mots. D'ailleurs, je compte sur votre entière collaboration dans cette enquête, et vous savez à quel point chaque détail est important.

— Évidemment, concède mon avocat de père, de mauvaise grâce.

En sentant la main de ma mère sur son bras, il ne repart pas à l'attaque. Pour l'instant.

J'observe le flic qui tente de se redonner une contenance. Il doit avoir la cinquantaine, de taille moyenne, des petits yeux de fouine et des oreilles décollées. Un tombeur, quoi.

— Votre fille a 17 ans, reprend-il en s'adressant à mes parents. J'imagine qu'elle est autonome ?

— Nous avons des emplois du temps chargés, reconnaît ma mère. Les filles se débrouillent très bien, elles sont souvent seules à la maison ou chez des copines.

— Ont-elles des moyens de paiement à leur disposition ?

— Chacune d'entre elles a sa propre carte bancaire, oui, confirme ma mère.

— Nous verrons si la carte d'Allya est utilisée. Aurait-elle pu prendre un train, réserver un covoiturage ?

— Matériellement oui… mais pour aller où ? La clé de notre résidence secondaire est toujours là.

— J'aimerais également avoir une liste des fréquentations d'Allya. Ses amies… un petit ami… peut-être aussi des ennemis ?

— Elle n'a ni petit ami ni ennemis ! réagit ma mère en levant les yeux au ciel.

Mais qu'est-ce qu'elle en sait ? Entre les heures passées à son boulot et ses cours de Pilates, elle a le temps de savoir si ma sœur est détestée par quelqu'un ?

Toutefois, je hoche la tête. À ma connaissance, personne ne veut de mal à Allya.

— Parmi ses amis, il y a ce garçon avec qui elle s'entend très bien depuis quelque temps, Alex Marshall. Nous le connaissons bien, il est très sympathique, termine mon père, content d'avoir trouvé quelque chose de pertinent à dire.

Dans sa lancée, il dicte l'adresse d'Alex au policier attentif. Moi, je sais qu'Aly n'y est pas. Pourquoi nous cacherait-elle qu'elle passe une journée chez son meilleur ami ? Ils ont tellement l'habitude de se voir le week-end que ça n'aurait aucun sens.

Je donne aussi les noms de nos deux copines, Émilie et Savannah. Deux filles que nous côtoyons au lycée et avec qui nous faisons la fête, parfois. Mais à vrai dire, ce sont plus mes copines que celles d'Aly.

— Quelqu'un ou quelque chose d'autre ? tente le flic.

Mais il n'y a, en réalité, pas grand-chose d'autre à dire. Allya passe beaucoup de temps ici à bouquiner, ou regarder des séries à suspense. Elle va à son club d'athlétisme, deux fois par semaine, voit Alex chez lui et c'est à peu près tout.

— Nous allons faire tout notre possible pour vous donner des nouvelles au plus vite, lâche-t-il en se levant, dans une vaine tentative pour nous rassurer.

Mes parents le raccompagnent à la porte, retrouvent leurs politesses de façade. Je reste assise, la tête et le corps en ébullition. J'ai l'impression que si je me lève, je vais tournoyer sur moi-même sans fin, comme dans un rêve agité.

Lorsque mes parents reviennent, ils mettent la cafetière en marche et s'installent à la table de la cuisine.

Je m'approche d'eux en espérant... je-ne-sais-quoi.

— Elle n'a pas pu aller bien loin, ils vont la retrouver, assure mon père en se tournant vers moi.

— Tu veux vraiment que je me réjouisse de ça ? demandé-je, incrédule. Tu nous as mises en garde pendant des années contre les erreurs quotidiennes de la police... Pourquoi feraient-ils leur boulot aujourd'hui ?

Ma mère acquiesce vivement en buvant une gorgée de café visiblement brûlant.

— Oui, je l'ai dit maintes fois... mais je connais leur façon de travailler et retrouver une adolescente devrait être dans leurs cordes !

Sans répondre, je m'éloigne. Je ne sais pas quoi penser de tout ça. Je les vois, du salon, continuer la conversation à voix basse. Ma mère, la petite quarantaine, cheveux châtain clair aux yeux noisette, se prend la tête dans les mains. Mon père, grand, large d'épaules, les cheveux brun coupé courts, lui tapote le bras. Et je reste là, hébétée, à les regarder faire. Allya a disparu. La gentille, la douce, la parfaite Allya. Durant une seconde, je m'interroge : comment réagiraient-ils si c'était moi qui avais disparu ? Je serre les dents, pour la énième fois aujourd'hui.

Je sors mon portable et appelle machinalement celui de ma sœur, une nouvelle fois. Messagerie, évidemment.

Quand je passe devant la cuisine, mes parents me jettent un regard désolé. Alors je déambule de pièce en pièce, de la salle à manger où l'on ne prend nos repas qu'exceptionnellement, jusqu'au garage où deux voitures trônent côte à côte. Je me mets tout à coup à repenser à des détails stupides, comme la façon dont mon père parle de cette maison : « Tomber sur une maison comme celle-ci, quasiment au cœur de Caen, à un prix si abordable! Faudrait être vraiment con pour ne pas l'adorer! »

Je dois être conne aujourd'hui, alors. Parce que j'ai l'impression d'étouffer dans cette grande baraque.

19 H 10

Le soir, avec Aly, on a un rituel. Mais ce soir, seule debout devant ma glace, je me heurte au silence de la chambre.

Chacune dans notre lit, face à face, on se raconte les moments de la journée pendant lesquels on n'était pas ensemble. Lors des cours qu'on ne partage pas, ou quand elle va faire son footing le soir pendant que je préfère boire un verre avec des amis du lycée.

Je brosse énergiquement mes cheveux bruns que j'ai entortillés, nerveusement, toute la journée.

Aly a besoin de courir depuis si longtemps que si elle ne court pas le soir, elle courra la nuit. Peut-être est-elle partie se défouler, tôt ce matin ? Peut-être a-t-elle trouvé un nouveau parcours et s'est-elle perdue ?

Attrapant un coton sur la coiffeuse, je démaquille consciencieusement mes yeux noisette.

« Arrête ma vieille, tu cherches des explications trop simples. Aly suit toujours plus ou moins les mêmes parcours. Elle est parfois si routinière que c'en est effrayant ! Et elle n'embarque jamais notre photo pour courir... non, il faut réfléchir à autre chose. »

— Rachel, avec ton père, on va camper dans le salon. Pour l'attendre si...

Coton dans une main, eau micellaire dans l'autre, j'observe ma mère sur le seuil de la chambre. Nos yeux identiques se croisent, peut-être pour la première fois aujourd'hui. Les siens sont pleins d'inquiétude et j'imagine que je dois lui renvoyer à peu près la même impression. Ses traits sont tirés, et la robe qu'elle porte est tachée.

J'acquiesce d'un hochement de tête. Je n'irai pas avec eux.

— Tu veux rester là... toute seule ?

Elle jette un œil au lit de ma sœur, mais se détourne rapidement.

On n'a pratiquement pas échangé un mot de la journée, endurant le calvaire de l'attente chacun de notre côté. Quelque part, on reste fidèles à nos habitudes...

— Tu devrais descendre, ça permettrait de...

Elle n'a pas de mots. Ils ne veulent pas vraiment que je descende. Qu'est-ce qu'on aurait à se dire, finalement ? Des histoires et des blagues, autour d'un bol de pop-corn ?

— Non merci, décliné-je en fixant la pomme que j'avais prise en passant dans la cuisine un peu plus tôt.

Je ne la mangerai sûrement pas, cette pomme. Est-ce que notre femme de ménage me déteste quand je laisse tout un tas de trucs inutiles autour de mon lit ? Ce serait légitime...

Elle soupire, regarde ailleurs elle aussi.

— La police va faire son travail, ma chérie... Ils vont nous la ramener... Elle n'est sûrement pas bien loin.

Marine Daxes. Un super nom de bourgeoise coincée. Ma mère, quoi.

Comme je ne bronche pas, elle disparaît dans le couloir. Entre mes parents et moi, c'est compliqué depuis longtemps. Et le fait qu'ils comptent sur d'autres gens pour retrouver Aly n'arrangera rien. Surtout sur un flic qui a parlé de fugue au bout d'un quart d'heure... je l'aurais bien giflé, celui-là, si je n'avais pas eu peur de me casser un ongle.

Aly n'a pas fugué sur un coup de tête, putain. Ça, c'est mon genre, pas le sien. Elle est partie avec des affaires, mais il y a quelque chose qui cloche, un truc qui ne lui ressemble pas.

Comme un automate, j'essaie une nouvelle fois de joindre son portable. Messagerie, directement. Évidemment. Mais chaque nouveau « Vous êtes bien sur le portable d'Allya » me déchire intérieurement.

Celle qui peut retrouver Allya, c'est moi. C'est moi qui ai remarqué qu'elle était partie. C'est moi qui ai composé le 17, alors que mes parents ne réagissaient pas et me demandaient d'attendre et m'assuraient qu'elle passerait la porte d'ici quelques heures. Et le scoop, c'est qu'elle n'est toujours pas là.

Je ne sais pas encore comment je vais m'y prendre, mais je dois essayer. Parce que je ne supporterai pas longtemps d'être seule dans cette chambre à regarder le lit vide, en face. Pas de rituel, pas de « Bonne nuit toi » ni de « Bonne nuit toi-même ».

Alors j'attends. J'attends que mon esprit s'éclaircisse, que ma mémoire s'active pour retrouver tous les petits souvenirs, les infimes détails qui vont me guider. J'attends qu'un indice, un message, une parole change toute la donne. J'attends qu'elle revienne, comme ça, l'air de rien...

Chapitre Deux

Allya

J'AI AUTANT ENVIE D'ENTRER DANS CETTE CLASSE QUE DE déboucher l'évier de la cuisine quand Rachel a posé son assiette de riz dedans, sans la vider à la poubelle. Pourtant, mon sac est accroché à mon épaule et je suis plantée devant de la porte. Impossible de reculer. Je n'en aurais pas le courage, de toute façon.

Même si tout le monde se connaît, on s'observe pour déceler les faiblesses de chacun. Vince, par exemple, s'est certainement défoncé tous les soirs cet été, et peut-être en journée aussi. Éloïse va nous dire qu'elle attend le Prince charmant alors qu'elle s'est tapé un nombre certain de mecs et que ce n'est pas près de s'arrêter.

Et moi, c'est quoi ma faille ? J'ai beau chercher, je ne sais pas. J'imagine que je n'essaie pas de faire semblant.

L'appel commence et je m'ennuie déjà. Parfois, j'aimerais être dans la même classe que Rachel, peut-être que le temps serait moins long. Mais il y a longtemps que nos parents ont décidé de nous séparer dans des classes différentes. Pour nous « apprendre à vivre chacune de notre côté »... Mais quoi, on n'est pas des siamoises non plus, on sait vivre l'une sans l'autre !

Bon j'exagère, je ne m'ennuie pas tant que ça. Je regarde les autres s'envoyer des textos sous la table et ça me fait rire. La prof les voit, ils le savent et ils s'en foutent. Et elle, elle a la flemme de confisquer quinze portables dès le début de la semaine, j'imagine. Je pourrais peut-être sortir le mien, mais je ne saurais pas à qui envoyer quoi que ce soit. Rachel doit crouler sous les nouveaux ragots, à l'heure qu'il est. Et je ne capte pas le Wi-Fi, dans ce bâtiment pourri.

Je retrouve ma sœur au déjeuner. Souvent, nous préférons manger un sandwich dans un coin de la cour plutôt qu'entrer dans le self bruyant. Je me pose sur les marches d'un escalier extérieur en sa compagnie. Il y a aussi Émilie et Savannah, que l'on connaît depuis le collège. Nous sommes toutes dans des classes différentes alors on a l'habitude de se retrouver à midi, quand on le peut.

— Samedi, on pourrait aller chez Thibeault. Il fait un genre de soirée de rentrée, avance Émilie alors que j'entame mon jambon-fromage.

— Je savais pas qu'il lui fallait des excuses pour se bourrer la gueule maintenant, ricane Rachel. Mais je suis partante. Tu penses que c'est jouable, Aly ?

— Non, pas vraiment. Les parents vont nous sortir que l'année vient de commencer...

— Je te parle de jouable, pas de négociable, précise-t-elle en croquant dans une tomate. Tu me suis, bécasse ?

Bien sûr, Rachel parle de sortir en douce quand les parents dormiront. Et, pour une fois, je vais peut-être marcher dans sa combine au lieu de m'endormir devant la télé. J'essaie de sourire en oubliant « la bécasse ».

— C'est comme tu veux. Il y aura qui ?

— Pas lui, c'est sûr, me nargue Rachel.

— Arrête de montrer du doigt, soupiré-je en suivant son regard.

Ma sœur aime bien se moquer. Et mon meilleur ami est une

cible intéressante et donc récurrente. Alors je le rejoins, comme pour me faire pardonner une faute que je n'ai pas commise.

— Qu'est-ce qu'elle me reproche encore? demande Alex, en se roulant une cigarette.

Je grimace en pensant à l'odeur qui va bientôt imprégner mes cheveux.

— Tu ne viens pas à la soirée de rentrée, dis-je en m'asseyant tout de même près de lui.

— Si elle veut absolument que je l'accompagne à cette fête, elle n'a qu'à le demander, je ferai preuve de clémence.

Je souris, cette fois franchement.

— Désolée, sérieusement. Elle est parfois insupportable.

— Elle est Rachel, quoi... conclut-il en rangeant son tabac et ses feuilles.

Il allume sa clope et je grimace de nouveau.

— La cigarette électronique, tu connais? rétorqué-je en détournant la tête.

— J'y penserai, assure-t-il en sortant son portable. Ah, au fait, je ne t'ai pas montré...

Il me présente ses photos de vacances dans la Creuse. De jolis paysages, sans âme qui vive. Il pose avec ses éternels jeans délavés, en se forçant à sourire. Sur d'autres clichés, c'est sa mère que l'on voit au premier plan, vêtue de sandales et de robes colorées.

— Pourquoi allez-vous toujours vous enterrer dans des bleds pourris? demandé-je, amusée.

— Je te l'ai déjà expliqué. Ma mère veut se couper du monde pendant les vacances. Oublier le boulot.

Sa mère est reporter. Toujours partie sur des lieux sensibles, à mener des enquêtes improbables. Et, même si je suis dépassée par la masse de choses qu'Alex doit assumer seul, j'adore squatter chez lui pendant des week-ends entiers, avec des sodas au frais et l'écran géant allumé en permanence.

Sortant mon téléphone, je lui montre mes propres vacances à

Malaga. L'hôtel, nos nouveaux bikinis Darjeeling, et les cocktails que nos parents nous ont autorisées à prendre. Et comme ils sont partis en excursions pendant toute la semaine, on en a profité pour mater les beaux mecs sur la plage et se ruiner en shopping.

Encore quelques images, et on dérive vers une observation assidue des gens qui nous entourent. Rachel et Émilie partagent une vraie cigarette en complotant à voix basse. Les autres se prennent en photos, aussitôt postées sur les réseaux, se roulent des patins pour impressionner les potes, se prennent la tête pour rien, histoire de gueuler. Et nous, on se marre.

Chapitre Trois

Rachel

LES BRUITS DE TASSES COGNANT DANS DES SOUCOUPES. L'odeur de café fraîchement moulu. Émilie et Savannah ont appris la nouvelle, il y a une heure à peine. Et, pour le moment, elles n'y croient pas trop.

— Tu sais, plein de gens prennent du recul. C'est pas pour autant qu'ils disparaissent pour toujours, tente Savannah.

Elle rejette sa chevelure roux foncé par-dessus ses épaules. J'essaie de me concentrer sur ce qu'elle dit.

— Allya, prendre du recul? Mais sur quoi? Tout allait bien dans sa vie! Je dirais plutôt qu'elle a suivi un mec ou quelque chose comme ça... suggère Émilie.

Je me tourne vers Émilie avec de grands yeux :

— Elle n'avait pas de mec. Pourquoi suivre quelqu'un sur un coup de tête? Elle peut sortir avec qui elle veut devant nous, pas besoin d'aller à l'autre bout du monde pour s'envoyer en l'air.

Je regarde autour de moi avec, de nouveau, l'impression d'être dans un de ces cauchemars sans queue ni tête. Nous avons pris la table la plus en retrait possible dans le café que nous fréquentons quasiment tous les soirs après le lycée. Pourtant, c'est comme si j'étais épiée.

— Et... qu'est-ce qu'il va se passer maintenant ? questionne Savannah en triturant son sac en croco.

— Les flics veulent qu'on fasse une apparition aux infos. Comme toutes ces familles de disparus qui pleurent à la télé...

On se regarde toutes les trois sans plus dire un mot. Nos boissons refroidissent, mais aucune de nous n'a envie d'y toucher. Aly vient rarement avec nous boire un verre après les cours, elle préfère aller courir comme une cinglée et rentrer dégoulinante de sueur. Et le week-end, elle se lance dans des marathons-lecture ou s'enferme chez Alex pour faire d'autres conneries du même genre. Pourtant, en cet instant, elle nous manque comme si elle venait poser ses fesses ici à chaque fois qu'on y est.

Je regarde mon portable, pour la énième fois. Et il n'y a rien, évidemment.

— Ça fait juste deux jours, argue doucement Savannah. Elle va revenir, Rachel, elle va revenir...

J'ai envie de lui demander ce qu'elle en sait. De lui hurler de trouver une solution. Mais, pour une fois, je la ferme. Parce que c'est trop dur. De me lever, de parler, de voir son lit vide. Et de frissonner à l'idée qu'il soit définitivement vide.

En attendant mon bus pour rentrer, les filles prennent mes mains dans les leurs, essaient de me rassurer à coups de mots que je n'entends pas. J'ai hâte qu'elles me lâchent parce que ce qu'elles me disent ne m'atteint pas.

Assise contre la vitre, je ne mets pas mes écouteurs. Je préfère regarder dehors, sans musique, le cerveau en surchauffe tellement il carbure depuis deux jours. J'ai à peine dormi, à peine mangé. J'ai dû piquer à ma mère son anticerne de folie.

— C'est bien que tu sois là, me dit gentiment ma mère alors

que je referme la porte d'entrée. Il faudrait que tu viennes t'asseoir avec nous.

Elle pose sa main sur mon épaule et, à sa grande surprise, j'accepte de la suivre à travers le couloir, de passer devant la cuisine et d'entrer dans le salon. À mon grand regret.

— Bonjour Rachel. Je suis inspectrice de police. Je suis venue discuter un peu avec toi.

Une femme, cette fois. Installée dans le même fauteuil que l'autre flic, hier. Ce dernier a dû avoir peur de revenir. En tout cas, celle-là a l'air plus sympa. Peut-être parce qu'elle porte un vernis de la même couleur que le mien. Et que je reconnais l'odeur de son parfum Dior.

— D'accord, acquiescé-je simplement en me posant sur l'accoudoir du canapé en cuir.

Ma mère s'installe près de moi. Mon père est manifestement ailleurs.

— Nous n'avons rien de nouveau concernant la disparition de ta sœur, je préfère être honnête. Vous m'avez dit qu'elle partait parfois courir le matin. Nous avons fait circuler sa photo, interrogé votre voisinage. Personne ne l'a vue sortir ce matin-là. Sa photo ne parle à personne pour le moment. Sa carte bancaire n'a pas été utilisée et aucun billet de train n'a été réservé à son nom. Nous continuons les recherches et nous allons, évidemment, finir par trouver quelque chose. Mais j'aimerais que tu réfléchisses, Rachel. Tu n'as rien vu d'inhabituel la veille de sa disparition ? Ou les jours d'avant ?

Je réfléchis, sérieusement cette fois. Cette femme vient de me montrer son implication. Peut-être qu'elle comprend la situation. Qu'elle pourra vraiment nous aider. Je descends de l'accoudoir et m'assieds dans le canapé pour faire preuve de bonne volonté.

— Aly était normale. Je n'ai rien vu de bizarre.

— Est-ce qu'elle a rencontré de nouvelles personnes récemment ? Ou elle s'est peut-être disputée avec quelqu'un ?

— Allya ne parle pas à beaucoup de gens, en fait...

— Peut-être que vous vous êtes disputées toutes les deux ? Ça arrive, tu sais. Même aux sœurs jumelles, ajoute-t-elle doucement.

Mon cœur se serre, mes dents aussi, tandis que je comprends où elle veut en venir depuis le début. Cette femme insinue qu'on ne s'entendait pas si bien que je le dis. Qu'Allya aurait pu partir à cause de ça. À cause de moi. Je me retiens de me lever pour partir. Mais franchement, ça me démange.

Je décide de remonter sur mon accoudoir.

— Qu'est-ce que vous voulez dire par là ? demandé-je, histoire d'être sûre.

— Rien de particulier, Rachel. J'ai simplement fait le tour des fréquentations d'Allya ainsi que des tiennes... et j'ai appris que Allya et toi aviez une relation plutôt... changeante, finit-elle comme si elle n'était pas certaine du dernier mot.

Interloquée, je jette un coup d'œil à ma mère. Elle regarde ses genoux, les mains jointes sur son ventre.

— Maman, soufflé-je, pour la pousser à réagir.

— Rachel... tu peux être si impulsive parfois... on essaie de la retrouver, explique-t-elle en regardant partout sauf vers moi.

Je hoche lentement la tête. J'ai pas mal de conneries à mon actif, c'est un fait. Je me rappelle la fois où j'ai frappé cette fille de notre classe parce qu'elle m'avait poussée à bout. Et la fois où j'ai jeté des cailloux sur la fenêtre de mon ex, complètement bourrée... Et alors, ça fait de moi un monstre ?

— Vous... vous êtes disputées, je crois. Avant-hier soir... ajoute la femme flic.

Je la regarde bien en face, cette garce. Je fixe ses tresses, ses pendants d'oreille, ses lèvres d'un rouge carmin et ses yeux d'un vert perçant.

— Vous n'avez aucune piste, dis-je, presque à voix basse. Du coup, vous balancez qu'elle a fugué et en prime, à cause de moi... Au lieu de perdre votre temps, vous devriez essayer de retrouver celui ou celle qui l'a manipulée pour qu'elle se barre, ou celui ou celle qui l'a enlevée... En fait, vous devriez faire votre boulot et ramener ma sœur en vie.

Sans attendre de réponse, je quitte le canapé, m'éloignant de cette femme qui pénètre dans notre vie pour m'accuser d'avoir fait fuir ma sœur. Je m'éloigne de ma mère, qui ne lève pas le petit doigt pour me défendre, peut-être parce que ça l'arrange de me croire coupable, moi la moins sympa de ses deux ados de filles.

D'un pas rapide, je monte à l'étage. En faisant ça, je parais, probablement, encore plus bizarre, voire suspecte. Mais, contrairement aux flics, je refuse de rester une spectatrice.

Dans mon téléphone, je cherche le bon numéro.

— C'est Rachel. Écoute, j'aimerais qu'on se voie... rapidement.

Chapitre Quatre

Allya

J'AI TOUJOURS L'IMPRESSION QUE L'APRÈS-MIDI PASSE plus lentement que le matin. Parce que l'heure de partir approche, j'imagine. Chaque soir, les cours finis, je vais courir à en perdre haleine, à en rentrer chez moi toute tremblante. Je crois que si un jour je ne le fais pas, je pourrais exploser. Passer mes journées entourée d'ados, c'est éprouvant quand on n'est pas aussi superficielle qu'eux. Je vérifie toujours que mes écouteurs sont à leur place. Je ne les oublie jamais, mais autant être sûre. La musique est aussi importante pour moi que la course à pied. Alors avoir les deux en même temps est délicieusement nécessaire.

J'aime bien apprendre. Bosser pour progresser. Rendre des devoirs ne me dérange pas. Mais les cours sont trop longs. J'entends toujours les profs me répéter : « Allya, tu travailles vraiment bien, alors il faudrait participer un peu plus en classe. » Dans ces moments-là, j'ai envie de leur rétorquer que si leurs cours ne m'endormaient pas, j'aurais peut-être l'occasion de le faire. Mais la gentille, la polie Allya ne dira jamais ça. C'est Rachel qui s'en charge.

— Finir par physique, c'est le pire qui pouvait t'arriver, me nargue Alex en se posant sur la banquette près de moi.

Je souffle sur mon cappuccino, morose. Le « coin café » du lycée est un endroit sympa. On peut se servir au distributeur, s'installer sur une banquette métallique, parler de tout et de rien, parce que vu le brouhaha ambiant, personne ne peut entendre notre conversation.

— Allez, fais pas la gueule, c'est un nouveau prof, continue-t-il en me prenant par les épaules.

— Qu'est-ce que ça change ? rétorqué-je avant de boire une gorgée brûlante.

— Réfléchis, ça ouvre le champ des possibles en matière de spéculations, exulte-t-il. À ton avis, comment il est ?

Je tape un message sur mon téléphone. Puis, pour lui faire plaisir, je me reprends :

— Un nouveau ? Il doit être d'une mocheté incroyable.

— Et peut-être porter les mêmes fringues pendant des semaines, ajoute-t-il, ne saisissant pas ma lassitude.

On pouffe de rire, lui moqueur et moi attendrie.

Alex et moi, on est dans la même classe depuis l'année dernière. On s'est assis ensemble en début d'année et comme le cours était interminable, on a refait le monde. Depuis, on a toujours quelque chose à se dire.

— Alors, tu y vas à cette soirée de rentrée ? demande-t-il pour changer de sujet.

— Mon père a un dîner avec des clients, je crois. Ma mère va sûrement passer sa soirée à bosser. Rachel dit que c'est bon signe.

— Ah, alors si Rachel le dit, raille-t-il en mimant des guillemets avec ses doigts. Et Allya, elle, elle dit quoi ?

— J'en sais rien. Peut-être que je vais y aller, ça coûte rien... Après tout, Rachel veut juste passer du temps avec moi.

— Elle veut te forcer à être quelqu'un que tu n'es pas. Mais si tu appelles ça passer du temps ensemble, je respecte.

Je lui souris, lui touche le bras.

— C'est Rachel, disons-nous en même temps, parce qu'il me connaît par cœur.

En nous dirigeant vers l'aile du bâtiment des sciences, Alex me parle du reportage que fait sa mère en Amérique du Sud. Parfois, je me demande ce que c'est de vivre quasiment seul dans une grande maison, à 17 ans. Mais avec un père avocat et une mère organisatrice d'événements, je n'ai pas un quotidien si différent du sien.

— Ah, mais il est jeune celui-là, me chuchote-t-il alors que nous entrons dans la classe à l'odeur de produits chimiques et aux tabourets inconfortables.

Mais ça ne veut pas dire qu'il est propre. On verra combien de temps il garde ce pull.

Je lui souris, sans répliquer. Mais ça ne le décourage pas. Il me chuchote deux ou trois autres horreurs sur le mec qui nous fait cours. Malheureusement, je n'en profite pas parce que je ne l'écoute que d'une oreille.

À la sonnerie, mon sac est déjà fermé. Courir, courir, courir. Je rejoins la porte en essayant de ne pas marcher trop vite. Je jette un dernier regard à la salle. Le tableau, le bureau, l'ordinateur sur le bureau... Le prof range ses affaires et je fixe un instant ses grandes mains qui vont et viennent, ses cheveux blonds plaqués au gel, son sourire jovial. Allez, c'est l'heure de courir.

Chapitre Cinq

Rachel

7 AVRIL 2019, 13 H 15

LE DIMANCHE APRÈS-MIDI, GÉNÉRALEMENT, JE ME remets du samedi soir mouvementé. Et si le samedi soir a été correct, je me lance dans un make-up compliqué pour passer le temps. Or, ce dimanche-là n'a rien d'un jour normal.

Debout dans l'encadrement de la porte menant à la cuisine, j'observe sans mot dire. Bénédicte, la jeune sœur de ma mère, remplace ses bottes à talons par des chaussures de marche. Michel, l'associé de mon père, remplit une bouteille d'eau au robinet et vérifie son téléphone toutes les minutes. Bruno, un ami de la famille, tapote l'épaule de ma mère, ne sachant pas quoi dire. Et puis mes parents enfin, aux politesses trop surfaites et aux traits pas assez tirés à mon goût.

— Prépare-toi, Rachel, on y va, me lance gentiment Bénédicte en se dirigeant vers la porte.

Ne répondant pas, je jette un coup d'œil par la fenêtre de l'entrée. D'autres voitures se garent déjà, leurs occupants prêts à débouler ici et à prendre une mine éplorée.

— Vraiment, je te remercie de ta présence, murmure mon père à son associé qui, aussitôt, lui répond que ce n'est rien.

La porte s'ouvre et le courant d'air frais fait frissonner mes bras nus. Pourtant je n'attrape aucun vêtement pour me couvrir. Le froid me permet de rester alerte, parée à… je ne sais quoi.

— Merci à tous d'être venus aujourd'hui, commence ma mère en s'adressant au petit groupe d'une dizaine de personnes postées devant la maison.

— Dans la nuit de vendredi soir, Allya est partie à pied, continue mon père d'une voix forte. Nous ne savons pas si elle a pris un bus, mais nous allons partir du principe qu'elle a marché, ou couru.

Tandis que Michel distribue des photos d'Aly à tout le monde, je n'écoute déjà plus. Je scanne du regard le petit groupe réuni chez nous. Certains sont venus, au moins une fois, dîner à la maison. Ça ne veut pas dire qu'ils connaissent ma sœur. Pourtant, ils ont eu l'idée de sillonner le quartier pour montrer le visage d'Aly aux passants et, au fond, ça me fait du bien.

Des binômes se forment, chacun sait ce qu'il a à faire. Ma tante Bénédicte me jette un coup d'œil consterné, je ne réagis toujours pas. Mes parents sont déjà en route, sans un regard en arrière. Sans même se demander pourquoi je ne les suis pas.

Je referme la porte, sans la claquer. Inutile.

Seule dans cette grande maison, je déambule, dans mes pensées. Je ne crois pas qu'Aly ait pu avoir un accident en courant, elle n'en a jamais eu. Et puis, pourquoi avoir emporté cette photo juste pour accomplir sa routine de sport quotidienne ?

Quand on était petites, Allya et moi étions inséparables. Toujours les mêmes amis, les mêmes jeux. Je ne sais même pas si nous avions des conflits, j'imagine bien que oui, mais ils ne m'ont pas marquée. Et pourtant, c'était Allya qui travaillait le mieux à l'école, Allya qui faisait déjà de l'athlétisme, Allya qui était la plus conciliante, la plus sage. À l'adolescence, ces différences se sont un peu plus creusées, sans pour autant altérer notre fusion. Malgré tout, j'ai toujours su instinctivement lorsqu'elle était malade, triste ou encore effrayée, même quand nous n'étions pas dans la même pièce. Si elle avait eu un accident, je le sentirais, j'en suis sûre. Cette fameuse fusion des êtres gémellaires...

Non, il y a autre chose. Quelque chose qui lui a donné envie de partir, de changer d'air. Et la résidence secondaire des parents ne la tentait manifestement pas.

Allait-elle rejoindre quelqu'un ? S'est-elle réellement fait enlever ? C'est le flou total. Et cette policière qui me balance notre dispute de vendredi soir à la figure... d'ailleurs, comment l'a-t-elle su, au fait ?

J'ouvre le frigo, regarde à l'intérieur. Mes yaourts aux fruits sont derrière ceux au chocolat d'Aly. Le simple fait de toucher ses aliments préférés, en son absence, m'angoisse. Alors je referme la porte, n'ayant déjà plus faim.

Je regarde autour de moi, attentive à la moindre information qui me permettrait de progresser dans ma réflexion. Face à la cuisine, le bureau de mes parents attire mon attention. C'est une belle pièce, avec d'un côté les dossiers de mon père, de l'autre, ceux de ma mère. Chacun son ordinateur, chacun son fauteuil confortable. Un vrai couple de bosseurs, quoi.

Je pense furtivement à tous ces films où l'ado fouille dans les affaires de ses parents pour résoudre un mystère. Comme si la clé était toujours là, dans les jupes de Maman.

J'allume l'ordinateur de mon père sans même y réfléchir. Simplement en veille, il s'ouvre immédiatement et, debout devant le bureau, je me demande ce que je pourrais bien en faire.

Quelque chose a dû arriver. Un événement a poussé Aly à s'éloigner de la maison. J'aimerais vraiment pouvoir remonter le temps et revivre ces derniers jours, en notant tous les détails qui me seraient tant utiles aujourd'hui...

Mes doigts serrent convulsivement la souris, déclenchant

plusieurs applications que je ferme une à une. À présent, je sais exactement ce que je dois chercher. La petite icône est là, sur le bureau. Mon père doit souvent l'utiliser. Verisure... le système de vidéosurveillance que mes parents ont installé, il y a longtemps déjà. Je clique sur l'icône et je peux à présent faire défiler les images. Je tombe d'abord sur mes parents, il y a un quart d'heure, prêts à partir avec leurs amis. La caméra donne directement sur l'avant de la maison et je distingue très bien les personnes.

Mon pouls s'accélère et mon estomac se contracte. Je ne pourrai pas suivre l'intégralité des derniers jours que ma sœur a passés avec nous, mais c'est déjà un bon début.

Un vent de panique me submerge quand je pense aux heures de visionnage que je vais devoir me farcir pour être sûre de ne rien rater. Mais en faisant défiler quelques images, je réalise avec soulagement que la caméra ne filme que lorsqu'elle détecte un mouvement.

Un bruit de moteur me fait sursauter, comme si j'accomplissais quelque chose de formellement interdit. Ce n'est qu'une voiture qui passe sans s'arrêter. Alors je continue de faire défiler les séquences vidéo.

Je vois ma mère rentrer vendredi soir avec un sac de courses, mon père sortir vendredi matin, un croissant à la main, son atta-ché-case dans l'autre. Le jeudi soir, je rentre à la maison le téléphone collé à l'oreille. Pas de traces d'Allya.

Je remonte à jeudi matin, je nous vois sortir tous les quatre à tour de rôle et soupire, passablement découragée. Prenant ma tête dans mes mains, je souffle un grand coup. Puis, je relève les yeux. Et l'image à l'écran me cloue sur place.

Mes parents marchent vers la porte d'entrée, en plein après-midi. L'heure à l'écran indique 15 h 32. Debout entre eux, un jeune homme les accompagne. N'apercevant pas bien son visage, caché à demi derrière mon père, je remarque juste des cheveux blonds et un sac de sport sur son dos.

J'appuie sur pause, le cœur battant. Déjà, voir mes parents à la maison en plein après-midi est très rare. Mais avec un jeune homme que je ne reconnais pas, en plus...

En sentant mon portable vibrer dans ma poche, je laisse échapper un petit cri. L'espoir fugace que ce soit Aly s'évanouit brutalement en lisant le nom de l'appelant. Ma tante Bénédicte a décidé de ne pas me lâcher.

Chapitre Six

Rachel

Je lisse ma jupe M Oschino avec empressement. Quand je l'ai achetée, ma mère a bondi. Elle est frustrée que je ne veuille plus faire du shopping avec elle. Et franchement, moi ça me fait sourire.

— J'arrive toujours pas à y croire, murmure Alex en guise de salutation.

J'acquiesce sans dire un mot. Cette phrase, je l'entends depuis deux jours et j'en ai ras le bol. Et moi, vous croyez que j'arrive à réaliser ? Je n'ai pas le temps de me le demander.

Je referme la porte sans bruit, comme si j'étais sur le point de commettre un acte répréhensible. Puis je me rappelle qu'il n'y a personne à la maison. Je ne sais pas le temps que vont durer les recherches menées par mes parents. Au moins, ils ont décidé de chercher Aly par eux-mêmes, comme des parents attentionnés. Et c'est déjà un progrès.

— J'ai fait aussi vite que j'ai pu, se justifie Alex en accrochant son manteau dans le placard de l'entrée, comme s'il était chez lui.

— C'est pas comme si on était pressés... grommelé-je en commençant à monter l'escalier qui mène aux chambres.

Arrivé à l'étage, il reste sur le seuil de notre chambre, à observer. Nos lits jumeaux, confortables à se damner. Notre bureau, que je n'utilise quasiment pas. La coiffeuse en bois verni croulant sous les parfums et les cosmétiques.

— Je suis venu ici deux fois... la première parce qu'Aly voulait me montrer un truc sur son ordi. La deuxième, pour lui apporter ses cours quand elle avait la gastro... et aujourd'hui, elle n'est pas là...

Je le fusille du regard.

— Je sais qu'elle a disparu, merci.

Il tourne ses yeux vers moi.

— Toujours aussi sympa, à ce que je vois. Bizarrement, quand tu voulais que je rapplique, le ton était différent.

Je croise les bras sur ma poitrine. Honnêtement, si on m'avait dit que je me retrouverais un jour dans cette chambre avec ce mec, je me serais roulée par terre de rire. Mais aujourd'hui, rien n'est drôle. Et pour une fois, je prends sur moi.

— OK, désolée. Je suis... chamboulée.

— Tu m'as toujours traité comme une bizarrerie de la nature, rétorque-t-il en posant son sac près du bureau. Rien à voir avec la disparition d'Aly.

— Oui bon, soupiré-je. Je sais qu'on n'a pas vraiment été potes, toi et moi. Mais c'est d'Aly qu'il s'agit.

Mon regard croise ses grands yeux verts.

— Chacun un effort, conclut-il en plaçant la chaise de la coiffeuse près du fauteuil de bureau. Maintenant, au boulot, Aly nous attend.

Je me laisse tomber sur la chaise avec soulagement.

— Qu'est-ce qu'on peut faire ? Je n'y connais rien, avoué-je de mauvaise grâce.

— On va tenter deux ou trois trucs que je connais pour essayer de comprendre ce qu'il s'est passé.

Il pianote sur la table pendant que le PC s'allume. Je commence à trépigner, mais je sais qu'on est peut-être proches du but.

J'ai eu l'idée de regarder l'ordinateur d'Aly sur un coup de tête. Sur le moment, je trouvais ça génial. On allait sûrement découvrir où elle était allée. Maintenant, je suis partagée entre l'optimisme et la honte d'espionner l'historique de ma sœur... En même temps, je n'ai pas d'autre option. Tout à l'heure, en raccrochant avec ma tante, j'ai quitté le bureau parental en prenant soin de ne laisser aucune trace de mon passage. Le moment était passé et la peur me tenaillait. Peur de quoi, au fait ? Je n'en sais franchement rien. Mais quelque chose dans l'image que j'ai vue me met mal à l'aise, inexplicablement. Et, même si mes parents n'ont pas voulu appeler la police tout de suite, qu'ils n'ont pas non plus parlé de leur caméra de surveillance (je le réalise maintenant), plonger dans leur vie privée n'a sûrement rien à voir avec Aly. La vraie piste, c'est cet écran qui s'allume devant moi en ce moment.

— Mot de passe ? souffle Alex. Et dire que je lui répète sans arrêt d'en mettre partout...

Je commence aussitôt à lui suggérer les mots de passe que j'ai notés dans mon portable pendant que j'attendais qu'il arrive.

— Non, non, c'est bon, m'arrête-t-il en agitant la main. Pas besoin de se prendre la tête.

Il fouille dans sa poche et en sort une clé USB.

— J'ai copié un programme dessus avant de venir. Ça va débloquer le système, mais ça peut prendre un peu de temps.

Je savais qu'il était doué en informatique parce qu'Aly m'en avait parlé. Mais savoir qu'il peut aussi facilement déverrouiller un ordinateur, ça m'effraie presque.

— Combien de temps ? grincé-je en jouant avec la coque de mon téléphone.

— Plusieurs dizaines de minutes... je fais au plus vite.

Je soupire, le plus doucement possible pour ne pas provoquer une nouvelle discussion houleuse. J'ai besoin de lui pour récupérer d'éventuels indices dans cet ordinateur. Alors je me demande ce que je pourrais bien faire.

— Alors euh... ça va ? tente Alex en remettant une mèche de cheveux châtains derrière son oreille.

Je ravale à grand-peine le sarcasme venu spontanément :

— On fait avec. Ou plutôt sans elle...

— Quand tu m'as appelé pour me demander si je l'avais vue, j'ai cru que c'était une mauvaise blague.

— Tu me prends vraiment pour une garce, hein ?

— Je vais éviter de répondre à ça. En tout cas, sache qu'on est dans le même bateau toi et moi. Donc tu as eu raison de m'appeler.

J'ai toujours raison, ai-je envie de répondre, histoire de lui montrer que je suis bel et bien comme il me voit. Mais quelque chose bouge sur l'écran, alors je m'abstiens.

Quelques clics plus tard, Allya et moi apparaissons en photo, comme si de rien n'était. Elle sourit, moi aussi. C'était au Jour de l'An, juste avant que je m'enfile quatre ou cinq cocktails bien corsés. Mon mascara était encore nickel et mes cheveux bien en place. Cette soirée-là, Aly s'est autorisée à boire un peu. À danser avec un ou deux mecs. Je l'ai même vue se laisser embrasser au coin des lèvres avant de gentiment s'éclipser.

Je jette un coup d'œil discret à Alex. Il a les yeux baissés, les mains croisées sur ses cuisses. Son tee-shirt blanc près du corps laisse transparaître ses abdos. Pas mal.

— C'est OK ? demandé-je pour rompre le silence.

— Oui oui, acquiesce-t-il en relevant la tête. Désolé, c'est juste que la voir en photo... c'est horrible de ne pas savoir...

— Ouais, le coupé-je pour écourter. Raison de plus pour être rapides et efficaces.

Il hoche la tête, ébranlé, et prend encore quelques secondes avant de reposer ses mains sur le clavier.

— Tu veux commencer par quoi? me questionne-t-il en ouvrant le navigateur Internet.

Je ne réponds rien, le regarde faire. J'aimerais revenir en arrière, mais il est trop tard.

Il ouvre finalement l'historique. Facebook, Wikipédia... Etam lingerie? Peut-être qu'elle a eu envie de regarder ce qu'elle n'osera jamais porter.

— Putain, qu'est—ce qu'on fout là? souffle Alex, en regardant ailleurs.

— On essaie de la retrouver... on est obligés d'en passer par là.

— Moi aussi je veux la retrouver au plus vite. Mais chacun a une vie privée, non? Tu...

— Regarde!

Je lui donne un coup de coude en lui montrant l'écran.

— Forum Doctissimo? Et alors? demande-t-il d'un ton dubitatif.

— Apparemment, elle y allait souvent... dis-je en faisant défiler l'historique. Elle passait sa vie dessus, ou quoi?

— Peut-être qu'elle se documentait. Moi, je passe bien des heures devant des tutos sur YouTube, Aly aime plutôt apprendre en lisant...

— En lisant la vie des autres?

Alex me reprend la souris et clique sur la messagerie Google également présente dans l'historique. Le mot de passe étant déjà mémorisé, les mails apparaissent rapidement.

— Regarde, il y en a plein. Ouais, elle passait sa vie sur Doctissimo.

«Jo119 a cité votre message»

«Dinodu37 vous a envoyé un message privé»

Et des tonnes d'autres encore. Aly a donc bel et bien un compte sur ce site. Elle parle en permanence avec des gens qu'elle n'a jamais vus. Et elle ne m'en a jamais parlé.

— Il faudrait cliquer sur « mot de passe oublié » et valider le mail que le forum va envoyer. Avec ça, on accède à son compte et on regarde avec quel pervers elle parlait...

Il est déjà en train de faire la démarche. Comme si j'allais lui apprendre un truc aussi basique...

— Rachel ? Tu es là-haut ?

Je sursaute et ferme si précipitamment le couvercle de l'ordinateur que je manque d'écraser les doigts d'Alex. Je suis comme une gamine en train de piquer le maquillage de sa mère.

— On continue plus tard, je lui chuchote avant de me tourner vers la porte. Quoi ? crié-je pour que ma mère m'entende.

— On t'attend dans le salon !

Pour faire quoi, boire un thé ? Je retire mes boucles d'oreille pour en mettre une autre paire, en jetant un coup d'œil à Alex qui reprend sa clé USB.

— Je préférerais que ça reste entre nous. Je n'ai aucune envie de dévoiler tous les messages d'Aly à tout le monde si au final il n'y a rien à en tirer...

— Ouais, je comprends. En tout cas, cache cet ordi, parce qu'à mon avis, ils ne vont pas tarder à s'y intéresser. Je suis même surpris qu'ils ne l'aient pas fait avant.

— Ils sont tellement longs à la détente...

Suivant son conseil, j'ouvre la commode et enfouis prestement l'objet sous un tas de foulards.

— Ils mettront un peu de temps à le trouver, espéré-je.

— Appelle dès qu'on peut se remettre à chercher. N'importe quand, tout ce qui compte, c'est de la retrouver.

Je le fixe à nouveau sans mot dire. Je savais qu'il était attaché à ma sœur, mais son dévouement pourrait me bouleverser, si j'étais un tant soit peu émotive.

Il enfile sa veste en jean, essaie à nouveau d'arranger ses cheveux désordonnés et, soudain, je lui souris.

— Ça marche.

Chapitre Sept

Allya

MON LIT EST PEUT-ÊTRE L'ENDROIT QUE JE PRÉFÈRE AU monde. Surtout en cet instant précis.

— Allez, Aly, sérieux, bouge-toi, s'agace Rachel.

Elle me dit ça sans se retourner, parce que son trait d'eyeliner doit être impeccable. Je soupire, mais obtempère.

— Rappelle-moi pourquoi on doit y aller, déjà ? tenté-je avec espoir qu'elle n'ait pas de bonne raison.

— Bah, je ne sais pas moi, parce que c'est l'anniversaire d'Émilie ? Parce qu'on a 17 ans et qu'on aime s'éclater ?

— Ouais, je suis à peine convaincue.

Toutefois, je me lève, retape mon oreiller et ouvre la porte communicante qui mène dans la pièce d'à côté.

Mes parents nous ont toujours dit qu'en achetant cette maison, ils avaient tout de suite apprécié ces deux chambres qui communiquaient entre elles. Nous avions un ou deux ans à l'époque. Ils s'étaient imaginé qu'on pourrait à tout moment se rejoindre en ayant chacune notre espace. C'était sans compter sur notre volonté de tout partager ou presque. Refusant de nous séparer, nous avons préféré garder cette deuxième pièce pour nos jouets d'abord, puis en grandissant, pour en faire un grand dressing. Bon OK, on a du mal à vivre l'une sans l'autre...

Je jette un rapide coup d'œil vers les affaires de Rachel étalées au sol. Elle a manifestement hésité entre une robe moulante et une jupe en cuir. Maintenant, elle porte un jean slim et se balade en soutien-gorge dans la chambre.

De mon côté, je ne sais même pas si j'aurai le courage d'enfiler quelque chose.

Bientôt, Savannah nous ayant rejointes, nous échangeons élastiques et fards à paupières au milieu de la chambre. Rapidement, je gagne le rez-de-chaussée, peu désireuse de me peinturlurer.

— C'est ça, vas-y en pyjama ! me lance Rachel.

Je l'ignore, renfrognée. Alex n'a pas complètement tort, elle veut si souvent que je sois sa copie conforme.

— Si vous êtes prêtes, je vous y conduis, propose mon père en faisant son nœud de cravate devant le miroir de l'entrée.

— Tu nous y conduis en costume ? dis-je en souriant tout en me regardant à mon tour dans la glace.

Mes cheveux bruns et courts sont brillants. Mes yeux noisette sont légèrement maquillés. Le chemisier décolleté que j'ai choisi est correct, assorti avec mon short noir et mes bottines plates. Cette image me correspond et me convient.

— Ta mère et moi, on retrouve des amis au restaurant.

Il me dit les noms de leurs amis, que je ne connais absolument pas. Réciproquement, c'est à peine s'il connaît les nôtres.

— Les filles traînent à se préparer ? demande ma mère en sortant du salon.

Au passage, elle arrange une mèche de mes cheveux devant le même miroir.

— Je ne sais pas quand elles auront fini...

— C'est Rachel, rit Papa en glissant ses clés de voiture dans sa poche.

En attendant ma sœur, je me laisse tomber dans un fauteuil du salon et saisis mon téléphone. J'ai deux nouveaux messages sur le forum. La perspective de les lire m'enchante bien plus que cette soirée chez Émilie.

— Non, Rachel, une heure du matin, pas plus. Pas de négociation possible.

Je ne me retourne même pas, je sais que ma sœur fait la gueule. Elle est remontée contre les parents, la privation de liberté, la vie difficile, etc.

— Alors c'est quoi l'histoire, on a 12 ans c'est ça ?

Je n'entends pas mes parents répondre et j'imagine qu'ils font juste un « non » de la tête. Rachel abandonne un peu vite. Elle se souvient sûrement encore des derniers conflits qu'elle a provoqués quand elle est rentrée trop tard ou qu'elle a voulu emprunter la voiture pour aller chez un mec rencontré en boîte. Je souris. Ma sœur est bien plus fonceuse que moi.

J'enfile une veste et vérifie si ma batterie externe est bien dans mon sac. Sans ça, ma soirée pourrait être définitivement ratée.

— Les filles ? nous apostrophe mon père et on sait ce qu'il a en tête.

Rachel et moi sortons de nos sacs à main nos bombes lacrymogènes sous l'œil toujours aussi étonné de Savannah. Ma mère, trop habituée à ces vérifications, préfère se repoudrer le nez devant la glace.

Ça y est, on est arrivées. Musique, rires, alcool. Il y a même un ou deux joints qui circulent. Moi, j'ai trouvé une place sur un canapé avec une bière, pour la forme, et me suis connectée au forum pour participer aux débats.

— Lâche ton portable et bouge ! me hurle Rachel dans l'oreille.

Je lui adresse un signe de tête négatif en haussant les épaules. Avec le temps, je ne comprends toujours pas pourquoi elle s'obstine. Une soirée, un verre, d'accord… mais il faut bien admettre que ça finit par m'ennuyer avant même que les gens ne commencent à vomir. Pour ne plus subir le regard perçant de ma sœur, je me dirige vers l'extérieur de l'appartement d'Émilie, une terrasse spacieuse où un gros cendrier a été installé. Octobre est déjà bien entamé et pourtant, il fait doux ce soir.

M'asseyant sur un muret, je pense furtivement à allumer une cigarette, mais je résiste. Je suis la gentille Aly, la sportive Aly.

JohnSmiss : "Que fais-tu en ce moment même ? "

Je souris face au message que je lis avec frénésie. Et je me demande comment je ferais sans ce forum sur lequel je me connecte depuis des mois. Je participe à des discussions, partage des conseils sportifs, reçois des conseils littéraires. Des choses qui ne m'arrivent jamais, dans la vraie vie.

Et, il y a six mois, j'ai commencé à correspondre avec ce gars aussi barré que moi. JohnSmiss. Contrairement à ce que je recherche ici, il ne s'y connaît ni spécialement en sport, ni même en littérature. Mais il m'apporte tellement plus que ça, sans doute parce qu'il s'intéresse à ce que je lui dis. Je souris, en commençant à répondre.

LiliTigresse : « Je suis à une fête d'anniversaire. Et je ne compte pas me déconnecter pour y participer. »

Chapitre Huit

Rachel

JE PRENDS LA CIGARETTE QU'ALEX VIENT DE ME ROULER, presque à contrecœur. Ça m'a écorché la bouche de lui en demander une, mais j'en avais vraiment besoin.

— C'est tellement dégueulasse, soupiré-je en tirant quand même, bouffée après bouffée.

Il m'envoie un maigre sourire.

— Les indus', c'est trop cher.

— Ouais, fais comme si tu n'avais pas les moyens, répliqué-je en resserrant mon manteau ouvert sur une robe patineuse.

À cette heure-ci, il fait encore frais. Les oiseaux chantent déjà.

— Bien sûr que j'ai les moyens, acquiesce-t-il. Mais je les mets dans autre chose.

Je visualise ces autres choses. Des consoles de jeux à n'en plus finir, le mini-frigo installé dans son sous-sol dont Aly m'a parlé.

— C'est facile pour toi, attaque-t-il. Tu n'achèterais jamais un paquet de clopes, c'est plus cool d'en demander aux autres.

— Excuse-moi de connaître des gens à qui je peux demander

des tas de choses, riposté-je en jetant mon mégot dans le cendrier du jardin.

Malgré la fraîcheur matinale, j'ai choisi de porter cette robe, peut-être pour me donner du courage.

— Bien lancé, me glisse Alex en m'emboîtant le pas vers la maison.

Je passe la baie vitrée et me retrouve dans notre salon trop classique. Si le contexte était différent, si des journalistes étaient venus pour une autre raison, j'aurais fait une crise pour, au moins, dégager le vase pourri auquel ma mère tient tellement. Mais les journalistes viennent pour nous écouter parler de ma sœur disparue, pas pour que je frime. Je pousse un long soupir.

— Hé, ça va ?

Je lève les yeux vers Alex et nous échangeons un regard lourd de sens. J'en ai vu, à la télé, des familles pleurer et demander qu'on leur ramène leur proche. À chaque fois, je me disais que si je disparaissais, mes parents m'accorderaient peut-être un peu plus d'importance. Et maintenant, malgré moi, je me dis qu'il a fallu que ce soit Allya, toujours Allya, qui ait besoin d'eux. Mes yeux recommencent à me piquer, tellement j'ai honte de penser à ça. Je serre les dents.

— Ça va, finis-je par lâcher d'un ton bas.

Il pose sa main sur mon épaule et je ne recule pas. Après son départ, hier, mes parents m'ont dit qu'ils n'avaient rien trouvé pendant leur petite promenade. Et, c'est sûrement parce que ça ne me surprenait pas qu'ils se sont rapidement désintéressés de moi. J'ai regagné ma chambre avec un sandwich dans une main, un soda dans l'autre. Et comme pour me punir d'avoir mangé, mon estomac a tout rejeté dans la foulée.

Finalement, Alex est le seul à qui je parle vraiment depuis plus de douze heures. Je pourrais le remercier d'être venu pour nous soutenir, pour me soutenir. Mais les mots refusent de sortir, c'est définitivement pas mon truc.

Mes parents finissent par arriver dans la pièce, soudés comme toujours. Ma mère tirée à quatre épingles, maquillée à outrance pour tout camoufler. Mon père, lui, a passé un costume noir. Je le fixe, consternée.

— Du noir, sérieux ? je réussis à articuler.

Mon père paraît découvrir ce qu'il porte.

— Ce n'était pas... je porte toujours du noir, chérie. Ça ne veut rien...

Je balaie sa remarque d'un revers de main.

— Avec toi, ce n'est jamais rien. Laisse tomber.

— Enfin Rachel, souffle ma mère en levant les yeux au ciel.

— Et après, c'est moi qu'on soupçonne, lancé-je en serrant les poings.

Je les fixe, tous les deux. Pourquoi sont-ils si apprêtés pour une intervention qu'ils ne voulaient pas faire à la base ? Quand les flics nous en ont parlé, mon père a tout de suite montré sa réticence et ma mère n'était pas loin derrière. Ils étaient « sceptiques ». Pourquoi ? Parce qu'ils savent pertinemment que ça ne servirait à rien ?

Rageuse, je m'éloigne vers le devant de la maison. Je vois déjà la camionnette des journalistes se garer près de notre portail. Et mon père ne court pas se changer pour autant. Ce que j'ai vu sur son ordinateur revient aussitôt me hanter. Ça ne peut pas être important... Ça ne peut pas avoir de sens.

Chapitre Neuf

Allya

Le souffle commence à me manquer et je pourrais paniquer. Mais je connais cette sensation par cœur. Encore un kilomètre et j'arriverai au prochain stade, celui où l'on sent qu'on repousse nos limites, celui où les muscles travaillent à fond. Je me concentre sur la musique et ne pense à rien d'autre. C'est mon moment, rien qu'à moi. Aujourd'hui, j'ai choisi une piste réservée aux coureurs, tout près du lycée, pour m'entraîner. Simple, répétitif, mais tout de même efficace. Mais malgré sa proximité, je ne pense plus au lycée, pas plus qu'aux soirées débiles auxquelles Rachel me traîne quasiment toutes les semaines.

Il n'y a pas d'enjeu d'apparence non plus. Je n'ai pas besoin de me saper comme une reine pour courir. J'ai enfilé un leggings, un sweat et c'est parti. Si je pouvais, je passerais ma journée sur ce terrain. Encore deux kilomètres et je finis par m'asseoir, terrassée comme d'habitude. Physiquement vidée et pourtant prête à recommencer demain, puis les jours suivants.

Je regarde mon portable pendant que je maîtrise progressivement mon souffle. J'ai reçu un texto de Rachel : « Quand auras-tu fini de t'épuiser ? On est au café. »

Je souris en fermant le message. Peut-être que je vais la rejoindre, après tout. Pourtant, au fond, ça me blesse toujours un peu qu'elle considère la course à pied comme une perte de temps. Rachel aime, par-dessus tout, les intérêts de Rachel.

— Jolie performance.

Je relève la tête, pour voir qui parle à qui. Mon prof de physique me sourit et boit une gorgée de sa bouteille d'eau.

— Merci, je finis par répondre, puisque je crois bien que c'est à moi qu'il a parlé. Vous... vous aussi, vous courez ? Je ne sais même pas pourquoi je pose la question : jusqu'à quelles extrémités de platitude, est-on capables d'aller, par politesse ?

— De temps en temps, oui. Mais j'avoue que, ces derniers temps, je préfère m'asseoir devant mes copies, c'est plus utile, surtout quand on est un adepte de la procrastination.

Je lui souris à mon tour. J'imagine qu'il y a des jours, comme ça, où on tient des conversations qui ne servent à rien, mais qu'on a quand même envie de les poursuivre.

— Du moment que vous courez, dis-je en étirant légèrement mes jambes.

Je lui jette un coup d'œil et remarque qu'effectivement, il ne doit pas courir hyper souvent, vu son léger embonpoint. Je souris de nouveau, franchement cette fois.

— J'imagine que tu préfères courir plutôt que de passer du temps sur mes cours.

— Peut-être que je fais les deux en même temps, rétorqué-je, me surprenant moi-même.

Nous échangeons un regard. En réalité, je ne me rappelle même plus son nom.

— Bien, je dois aller retrouver ma sœur, dis-je en rangeant ma bouteille et en resserrant ma queue-de-cheval. Je jette mon sac sur mon épaule et il me tend mon boîtier d'écouteurs, comme si j'allais les oublier. D'un signe de tête, je le remercie.

— Bonne soirée, soufflé-je, déjà ailleurs.

Je n'entends pas ses dernières paroles.

En sortant du stade, j'écris un court message à Rachel : « Trop crevée, je rentre direct ». J'ai trop de boulot, finalement. Peut-être aurais-je pu profiter d'avoir croisé mon prof de physique pour lui demander si tous ses prochains devoirs seront aussi chiants que les deux premiers. Mais jamais je n'oserais dire une chose pareille, dans la vraie vie.

Je prends un bus, sans trop de passagers, et ça me permet de bien m'installer et de me connecter au forum. Je réponds à un message de John qui me questionne sur ma journée, puis je passe en revue les réseaux sociaux et les mails. Entre les pubs et les mails du lycée, j'ai envie de tout fermer. Mais apparemment, il y a un changement d'emploi du temps cette semaine, donc je me force à regarder. Le cours de physique est décalé d'une heure. Avec Cédric Durand. Ah, tiens, c'est donc comme ça qu'il s'appelle ? Un nom bien ennuyeux pour une matière nulle... Parfaitement raccord.

En sortant du bus, je souris de nouveau, comme une idiote.

Chapitre Dix

Rachel

J'EXPIRE BRUYAMMENT. DE SOULAGEMENT, DE découragement aussi.

Alex ne nous a pas quittés une seconde. Il a gardé sa main sur mon bras pendant le moment le plus difficile, celui où mes parents ont parlé de ce que ma sœur aimait, celui où les journalistes ont demandé à quiconque, ayant des informations, de se manifester. Je n'ai pas soufflé un mot, les poings serrés, l'estomac retourné.

— C'est fini, chuchote Alex en me passant une bouteille de jus de fruits.

Je l'avale d'un trait, la gorge en feu.

— Merci, parvins-je à sortir.

Il me sourit. Peut-être prend-il ce simple mot pour tout ce qu'il a fait jusqu'ici. Et il aurait raison.

Mes parents s'asseyent près de nous, dans un silence pesant.

Quand la sonnette de l'entrée retentit, ma mère bondit pour aller ouvrir. Tout le monde paraît s'éveiller d'un songe.

Les deux flics, qui s'installent à la table de la salle à manger, ont des traits communs, c'est marrant. Il s'agit du mec aux cheveux gris du premier jour et de la femme qui est venue m'accuser de savoir où se trouvait ma sœur et de me taire. Est-ce qu'à force de travailler ensemble, on se met à rassembler à l'autre ? Ou alors, ils sont frère et sœur, mais ils ne s'en doutent pas parce que c'est un secret de famille...

— Merci de nous recevoir. J'aimerais vous préciser, de nouveau, que nous faisons notre possible pour accélérer les recherches, commence Cheveux-Gris.

— Ce soir, on va encore se réunir avec les voisins et chercher Aly, répond sèchement mon père. Je ne sais pas ce que vous faites, mais nous, on agit.

C'est vrai que, finalement, mes parents n'ont pas attendu patiemment, comme je le pensais au départ. Pour autant, ce mauvais pressentiment ne cesse de me hanter.

— Nous la cherchons autant que vous, Maître Daxes, répond calmement Accusatrice. Mais nous essayons de faire les choses dans l'ordre...

— Néanmoins, elle reste introuvable. Et je ne vais pas rester assis là à attendre...

Les deux flics acquiescent, diplomates.

— Alexandre ? Nous t'avons déjà interrogé à ce sujet, mais confirmes-tu les horaires que tu nous as donnés ?

— Oui, bien sûr. On a fini les cours à 15 heures, on a parlé un peu des vacances dans le hall et puis chacun a pris son bus. Dans la soirée, je l'ai appelée pour lui parler d'une série, et elle était tout à fait normale au téléphone. Le lendemain, vous êtes venus m'annoncer sa disparition, voilà...

— D'accord. Allya a l'habitude de ne pas répondre au téléphone ? demande Accusatrice.

— Ça dépend. Si elle court, elle ne répond à personne. Mais en général, elle nous fait signe dans l'heure.

— Très bien... Nous souhaitions vous informer que nous

disposons depuis quelques heures de la liste des appels, émis et reçus, du portable d'Allya.

Nous nous redressons tous les trois, mes parents et moi.

— Alors?... demande ma mère, avide.

— Pourquoi vous nous le dites seulement maintenant? questionné-je en même temps.

— Nous n'avons pas voulu vous perturber avant l'épreuve du passage devant les médias. Nous espérons beaucoup de cet appel à témoin.

— Vous venez juste d'avoir l'info en fait, grince mon père en croisant les bras sur sa poitrine.

— Nous n'avons pas le contenu des conversations, simplement les numéros de téléphone, nous apprend Cheveux-Gris en préférant éviter la remarque acerbe de mon père. Votre fille appelait surtout des amis du lycée. Toi, par exemple, Alexandre.

— Oui, on s'appelle souvent, après le lycée, soupire Alex. On a toujours oublié de se dire un truc.

En cet instant, Alex me rassure. Lui aussi, il connaît Aly. Il sait ce qu'elle aime, comment elle réagit. Ce ne sont pas mes parents qui pourraient donner ce type de précision, une caméra de surveillance, ça ne détecte pas encore les émotions.

— Alors... rien de spécial? soupire ma mère en se tordant les mains.

— Eh bien, il y a quand même un numéro que nous n'avons pas encore identifié.

Ils nous montrent le numéro écrit dans un carnet. À première vue, je pense qu'il ne me dit rien, mais si je retenais les numéros de téléphone des gens, ça se saurait.

Alex est déjà en train de faire défiler ses contacts pour comparer les chiffres. Mesquine, je me dis que ça ne va pas lui prendre plus de deux minutes, vu le peu de personnes qu'il fréquente.

— Il suffit d'appeler, affirme mon père en sortant son portable.

— Ne vous épuisez pas, Laurent, le reprend doucement Accusatrice. Nous avons cherché à quoi il correspond, mais il provient d'une carte prépayée…

— Classique, soupire mon père. Combien d'appels ?

— Un seul. La veille de sa disparition…

— Quel connard a bien pu appeler ma fille ? Et pourquoi d'ailleurs ?

Il nous regarde, Alex et moi, comme si on le savait.

— Si on savait un truc à ce sujet, tu crois qu'on la fermerait ? préféré-je clarifier.

Mon père se lève et commence à faire les cent pas. Ma mère fixe le numéro, comme si elle se concentrait à l'extrême. Je touche le bras d'Alex et il me tapote gentiment l'épaule. Une fois de plus, je ne recule pas à son contact.

— Vous pensez toujours qu'elle a fugué seule maintenant ? les provoqué-je.

— Ce n'est plus notre piste prioritaire… cet appel remet tout en question, évidemment.

Dans un coin de ma tête, l'histoire du forum tourne en boucle. J'aurais peut-être dû en parler dès le début. Mais est-ce que ça vaut le coup ? Si ça se trouve, elle discute simplement avec des gens pour se détendre… mais dans ce cas, pourquoi ne pas m'en parler ? Il doit bien y avoir quelque chose là-dessous.

J'ai la phrase au bout des lèvres : « J'ai découvert un truc sur l'ordinateur d'Aly ». Ma gorge se serre, ça ne sort pas.

— Nous allons continuer à creuser, reprend Accusatrice en enfilant sa veste.

Je me demande, gratuitement, si elle n'est pas plus pressée de partir pour boire son café de 10 heures que pour retrouver ma sœur.

En voulant ramasser son carnet, Cheveux-Gris le fait tomber sous la table. Il glisse et je pose mon pied dessus, négligemment.

— Oh, je vais le ramasser, m'entends-je proposer en me baissant difficilement sous la table avec cette robe un peu courte.

J'attrape le carnet, ouvert à une page au hasard. En une fraction de seconde, je peux lire : « Sœur, Rachel, secret ? » avant qu'il ne reprenne vivement son calepin.

— Merci, juge-t-il bon de me lancer, alors que je reste coite.

C'est officiel, alors. Ils pensent que je pourrais savoir où est Aly, ce qui l'a amenée à partir, qui l'a attirée dans ses filets. Peut-être même qu'ils imaginent que ma sœur est tombée dans mes propres filets. Mes mains se mettent à trembler. Si je parle du forum maintenant, je serai soupçonnée pour ne pas les en avoir informés plus tôt. Et s'il n'y a rien à retirer de la messagerie, on pourrait même m'accuser de les avoir lancés sur une fausse piste.

Mais je garde le silence, les saluant à peine alors qu'ils regagnent leur véhicule de fonction. Lorsque mon père nous annonce qu'il va passer quelques heures au bureau pour s'occuper de ses clients (plutôt que de sa famille) et qu'Alex me glisse qu'il doit partir aussi, j'ai l'impression que les murs de cette maison se referment autour de moi.

Chapitre Onze

Rachel

8 AVRIL 2019, 11 H 10

À PLAT VENTRE SUR MON LIT, J'ATTENDS QUE l'ordinateur d'Aly s'allume. C'est la seule solution que j'ai trouvée pour avancer dans tout ce merdier, ou du moins pour ne pas reculer. Mes mains sont encore moites et mon pouls commence tout juste à ralentir. Un bref instant, avant de monter les escaliers tout à l'heure, j'ai pensé bifurquer sur la gauche et entrer de nouveau dans le bureau de mes parents. Fouiller dans leurs affaires, pour comprendre pourquoi ils se conduisent ainsi. M'infiltrer dans leur vie privée, jusqu'à découvrir... peut-être rien du tout, au final.

Quand j'ai vu mon père monter en voiture, un dossier sous le bras et l'oreillette déjà en place, ça m'a dérangée. Vraiment.

Mes parents ont toujours été hyperactifs, accaparés par leur boulot, pressés et impatients. Mais aujourd'hui, ma mère n'est pas retournée dans son agence d'événementiel. Je ne sais même pas si son portable professionnel est allumé. Sa fille a disparu et elle essaie... d'affronter ça ?

Mon père, lui, fuit le problème… ou alors, ça ne lui pose pas de problème ?

Je me prends la tête dans les mains, sonnée. Comme une trouillarde, je me suis dégonflée et j'ai gravi les marches jusqu'à notre chambre en rasant les murs.

On n'a jamais été des experts en communication dans cette famille et ça m'a toujours convenu, parce que, de toute manière, mes parents ne comprennent rien à rien. Mais Allya et moi n'avons jamais manqué d'affection, ou de protection. Et aujourd'hui, ils vont dans le sens de la police. À demi-mot, ils me croient capable d'avoir fait fuir ma sœur, de taire sa cachette ou d'autres horreurs du même style…

Non, la seule chose dont je suis coupable, c'est de ne pas faire tout ce qu'il faut pour ramener ma jumelle. Et je vais y remédier, tout de suite.

Peut-être qu'Aly m'en voudra à mort d'avoir épluché son historique. Et je la comprends. Mais qu'est-ce que je peux faire d'autre, alors que personne ne progresse et que les jours défilent ?

En soupirant, je me connecte à son compte sur Doctissimo. Elle a mis une jolie photo d'elle sur son profil. Pourquoi faire une photo aussi top ? Qu'est-ce qu'elle cherche sur ce genre de site ?

2 nouveaux messages.

Je clique nerveusement sur le premier.

« Slt cava ? »

À quel moment Allya pourrait-elle répondre à ça ?

« Tu veux parler ? » est le second.

Pas plus engageant aux yeux de ma sœur, du moins j'imagine. Dépitée, je m'intéresse aux messages plus anciens. Est-ce que je vais devoir me farcir une multitude de pages remplies de phrases vides de sens ?

« Comment se passe ton week-end ? Tu as couru combien d'heures, 15 ? »

Je reste quelques secondes à fixer la ligne de texte. Puis mon cerveau se remet à fonctionner. Le message vient d'un certain John-Smiss. Un mec venu d'on ne sait où, qui a parfaitement connaissance de la passion d'Aly : la course à pied. Mais c'est qui ce gars ? Je fais avidement défiler les messages précédents. Apparemment, ça fait des mois que ma sœur discute avec ce JohnSmiss... certains messages parlent de lecture, d'autres, de sport...

LiliTigresse : « Je vais à une soirée avec ma sœur. J'espère que ça finira vite ! »

JohnSmiss : "Pourquoi tu y vas encore ? "

LiliTigresse : « Elle dit que j'ai besoin d'une vie sociale LOL »

JohnSmiss : "MDR. Tu n'arrives toujours pas à refuser, c'est ça ? "

LiliTigresse : « Je ne veux pas la blesser. J'y vais deux heures et ensuite je rentre. »

JohnSmiss : "Viens passer une soirée avec moi, ce sera plus instructif. "

Je soupire de nouveau, les mains crispées sur les côtés de l'ordinateur. Je sais qu'Aly vient avec moi chez des amis uniquement parce que je la travaille au corps, mais je m'étais dit qu'avec le temps, elle se faisait désirer pour la forme. La gorge serrée, je constate que je suis loin du compte.

LiliTigresse : « Oui, je pourrai prendre le train et te rejoindre. Pizza et sorbet ! »

Elle veut partager un repas avec lui ? Mais il habite où, ce mec ? Et qu'est-ce qu'il cherche ? Elle préfère aller passer une soirée avec lui, plutôt que de venir avec moi. Qu'est-ce qui ne va pas chez elle ?

Allya a toujours été différente. Décalée. Pas dans le sens à l'ouest, tout le contraire même. Toujours à se soucier de l'après, des conséquences, de la légitimité de chaque chose. On rigole bien, mais pas de n'importe quoi. Et je m'aperçois que j'ai toujours tenté de la faire venir de mon côté de notre existence, je ne me suis jamais vraiment intéressée au sien. Un dernier regard vers la conversation virtuelle m'indique que les derniers messages datent du 15 mars.

Presque un mois. Je mets l'ordi de côté, songeuse. Un poids énorme me bloque la gorge, me coupe le souffle. Je ne sais pas très bien pourquoi. Mais peut-être parce qu'à force de ne pas écouter, de ne pas comprendre, j'ai sûrement poussé ma sœur dans les filets de ce type John Machin. Peut-être qu'au final, ces flics ont raison.

Sans être certaine de ce que je fais, je me précipite vers notre dressing. Je marche sur des fringues à moi, étalées là depuis le moment où je me suis habillée pour le rendez-vous avec les journalistes. Je m'arrête devant la partie d'Aly. Des tas de fringues, rangées, suspendues correctement. Elle se relève sûrement la nuit pour mettre de l'ordre... Je fixe les robes pull, les chemisiers en nombre et les leggings de sport. Qu'est-ce que je cherche au juste ? Un billet de train abandonné par terre ? Je peux toujours rêver.

Pourtant, qu'a-t-il pu se passer en trois semaines ? Dans le tout dernier message, Aly a glissé son numéro de portable. Son taré de correspondant n'a pas mis le sien. L'a-t-il appelée ? La veille de sa disparition ? Était-ce lui, ce numéro inconnu ? L'a-t-il convaincue de venir chez lui, en secret ? Quand aurait-elle pu préparer ce petit voyage ?

À contrecœur, je réalise qu'elle avait beaucoup de temps pour ça. Les heures de la journée où on est ensemble se comptent sur les doigts d'une seule main. Pas les mêmes intérêts, pas les mêmes envies, pas le même sommeil non plus. Vendredi soir, je suis partie chez cette gourde d'Éloïse, ne pensant qu'au Jacuzzi qui m'attendait. Je ne sais même pas ce que faisait Aly quand j'ai quitté la chambre...

Une larme dévale ma joue sans que je puisse l'arrêter. Je baisse les yeux pour éviter de croiser mon reflet dans le grand miroir accroché au mur. J'ouvre ses tiroirs sous la penderie, histoire de faire quelque chose. En tombant sur des culottes antiques, je me souviens du site d'Etam dans son historique... la lingerie est là, sous tout le reste. Un peu gênée, je sors la nuisette du tiroir. De la dentelle à gogo et un nœud entre les seins... même moi, je ne mets pas ce genre de trucs. Je ne me verrais pas me balader seule là-dedans... mais peut-être que ma sœur est loin d'être seule.

D'un autre côté, si elle est partie pour rejoindre ce John truc, pourquoi ne pas avoir emmené cet appel au sexe ? Se serait-elle dégonflée, au dernier moment ?

Je roule la nuisette en boule, la glisse au fond du tiroir et prends bien soin de la recouvrir. Si mes parents tombent là-dessus, qu'est-ce qu'ils diraient ? Déjà que je vais devoir leur parler du forum, parce que je ne peux décemment plus le garder pour moi...

Je regarde les autres tiroirs, par acquit de conscience. Des paires de chaussettes, des gants, des bandeaux pour les cheveux qu'Aly ne met plus depuis des lustres... mes doigts heurtent une petite boîte que j'extirpe, la boule au ventre.

Putain. Des préservatifs. Alors cette fois c'est clair, Allya me cachait vraiment un tas de choses.

Chapitre Douze

Allya

J'enfile mes baskets en pestant contre mes mains moites. J'aimerais que mon estomac ne soit pas noué, aussi. Mais c'est toujours comme ça les jours de compétition.

Une nouvelle fois, je vérifie l'heure. Il me reste trois minutes avant que tout commence. Les encouragements, les dernières recommandations, les exercices de respiration pour me détendre. Et puis l'échauffement pour une douce montée en pression. Comme pour m'y préparer, je prends une grande goulée d'air et expire bruyamment. J'entends un bruit de chasse d'eau, tout près. Quand on se change dans une cabine de toilettes, rien d'étonnant.

J'ai besoin d'être seule pour me changer, la porte fermée à clé. Pas par pudeur extrême, simplement pour verrouiller mon esprit et me mettre en condition. Du coup, je me retrouve assise sur le couvercle des toilettes à attendre l'heure fatidique. L'athlétisme représente beaucoup pour moi, et dans ces moments-là, je veux éviter toute distraction. Je ne veux pas croiser mes adversaires et me demander s'ils vont faire mieux que moi, ni apercevoir par la fenêtre tous ces gens qui sont venus comparer nos performances. Je dois rester calme et sereine. Du moins, autant que faire se peut.

Je range correctement mes affaires dans mon sac. Ma main heurte ma bouteille d'eau, bien froide. Je sais qu'ils m'en donneront une, une fois sur la ligne de départ. Mais ça me rassure d'apporter la mienne, une autre habitude chiante à ajouter à la longue liste de mes manies. Je glisse mon stylo porte-bonheur dans la poche de mon pantalon de survêtement, comme d'habitude. Je dois l'avoir depuis le collège, pourtant je ne me souviens pas l'avoir utilisé depuis des années. Mes doigts entrent finalement en contact avec le verre froide de mon portable, que je sors malgré moi. Le téléphone est une distraction. Mais, en cet instant, je sais qu'il m'apportera du réconfort.

« Bonne chance à toi, surtout. »

Le message est court et simple. Pourtant, mes yeux me piquent et mon cœur se serre. JohnSmiss se souvient que ma compétition a lieu aujourd'hui. Et s'il n'est pas là, il me soutient bien plus que les personnes censées être présentes.

« Merci, vraiment. »

Ma réponse est encore plus concise, mais l'émotion m'empêche d'en écrire davantage.

Mon père avait un impératif aujourd'hui, ma mère aussi. Je ne connais pas la raison exacte de leur absence, j'ai arrêté de les écouter au moment où ils ont dit « Désolés, chérie, mais… ».

« Tout roule ? »

Il sait bien que non, mais il me pousse à parler. Alors je lui confie, juste un peu :

« Mes parents ne seront pas là. Rachel est à une vente privée, elle ne pouvait pas rater ça. »

Je soupire de lassitude. Je devrais y être habituée. Ne plus me tracasser pour ça. La compétition du jour n'est pas assez intéressante pour que mes parents puissent se vanter de ma réussite ou de ma victoire. Et ma sœur regarde le sport que je pratique du haut de ses escarpins Ralph Lauren. Quand je reviendrai, ce soir, ils me demanderont distraitement comment ça s'est passé et je leur répondrai comme si de rien n'était, parce qu'on a toujours fonctionné comme ça.

« Allez, un petit défi ? »

Un sourire fleurit sur mes lèvres et je tape rapidement une réponse affirmative. Quand l'un de nous a un coup de mou, on fait souvent ça. Des gages vides de sens, des défis qui nous mettent parfois dans l'embarras, mais ça égaie nos journées pourries, alors c'est le principal. Ce petit jeu s'est installé tellement vite entre nous qu'il est devenu un automatisme. Et c'est à celui qui se sent le plus mal de lancer les festivités.

Il ne me faut que quelques secondes de réflexion pour avoir une idée.

« Écris-moi un poème de trois pages sur la natation. »

Je ne sais même pas d'où ça vient. Mais il va galérer pendant un moment et ça me fait rire. Après la course, je pourrai me délecter du fruit de son travail en savourant une barre de céréales. J'en salive d'avance. Une fois encore, je me demande si l'alchimie opérera, quand on se rencontrera physiquement. Après presque un an de messages quotidiens, j'ai vraiment l'impression qu'on se connaît intimement. Pourtant, on dispose de si peu de détails l'un sur l'autre... Je souris de nouveau. Le mystère le rend encore plus attirant.

Quand j'entends des coups frappés à la porte, je réalise que j'ai un peu trop traîné. Mon coach s'impatiente sûrement. Je sors de la cabine, me regarde rapidement dans le miroir placé au-dessus des lavabos. Mon nouvel ensemble Adidas me va bien. Et c'est tant mieux, parce que je vais tout déchirer.

Chapitre Treize

Rachel

ÉMILIE ET SAVANNAH M'ONT PROPOSÉ DE PASSER, POUR papoter. J'ai accepté, mais on ne se parle pas. On est dans cette chambre, et j'ai l'impression que je vais étouffer. Le lit d'Aly est vide, vide, vide.

Émilie me brosse les cheveux et je dois reconnaître que ça me fait un bien fou. Savannah me met du blush et j'apprécie aussi.

On ne va nulle part, mais accomplir tous ces gestes me rappelle que les jours passent, que la vie défile impitoyablement.

— Je me demande vraiment... commence tout doucement Savannah, de sa voix suave.

Émilie et moi hochons la tête, alors elle continue :

— Si elle a reçu un coup de fil, elle est forcément partie rejoindre quelqu'un...

Elle chuchote presque, comme si on nous espionnait derrière la porte.

— Rachel... je pense de plus en plus à une rencontre sur Internet qui a mal tourné... ajoute Émilie.

À elles, j'ai parlé du forum. Mais je suis restée dans le basique, des informations factuelles.

— Je ne sais pas, soufflé-je en me regardant dans la glace depuis le seuil du dressing. Peut-être...

Pas mal, ce maquillage. Je range la palette de fards et le gloss, histoire de pas faire gueuler Aly. Quand elle verra la chambre dans un état pareil, ce sera encore la crise... Putain, je déraille, là. Mes yeux me brûlent, pour la énième fois. Et je ravale mes larmes, pour la énième fois.

— Pas de message bizarre? insiste Émilie en se scrutant à son tour dans le grand miroir.

— Je n'ai pas encore tout lu, éludé-je.

Évidemment, je ne leur ai pas tout dit. Principalement pour ne pas dévoiler l'intimité de ma sœur. Savannah et Émilie sont de chouettes filles. J'adore faire du shopping avec elles, boire des coups et parier sur les mecs qui vont prochainement nous draguer. Mais elles sont aussi bien bavardes. Que se passera-t-il quand Aly reviendra et que tout le lycée saura qu'elle dialogue en ligne avec un type louche? Parce que oui, elle reviendra, cette certitude ne m'a jamais quittée.

D'ailleurs, par fierté, j'ai préféré ne pas m'attarder sur le fait que ma sœur m'avait caché des tas de trucs importants. Pendant que je peux encore les taire.

Dans un mouvement spontané, les filles et moi descendons l'escalier, peut-être parce que nous n'avons déjà plus grand-chose à nous dire dans cette chambre étouffante.

Pendant qu'elles enfilent chaussures et manteaux, je jette un coup d'œil dans le salon. Ma mère est prostrée sur le canapé, la télé est éteinte et elle n'a même pas préparé son thé habituel.

— Tu nous rappelles dès que tu as du nouveau, murmure toujours Savannah.

J'acquiesce en silence et je sais que mon esquisse de sourire se transforme en grimace, alors je me dépêche de refermer la porte derrière elles. C'était gentil de leur part de venir ici. Mais maintenant qu'elles sont parties, je suis soulagée de ne plus devoir faire bonne figure.

La bouilloire électrique termine son job et je choisis un thé au citron pour ma mère dans l'espoir que ça lui donne un peu d'énergie.

Sans un mot, je dépose la tasse devant elle. Au bruit de la soucoupe sur la table, elle relève la tête. Je croise les bras, ne sachant plus quoi faire.

— Ça va ? je finis par lui demander en reculant d'un pas.

— Et toi ?

Elle a les traits tirés, les ongles rongés, elle porte un vieux jogging que je ne lui ai jamais vu. De mon côté, je suis maquillée, mon chignon est parfait et c'est à moi qu'elle pose la question.

— Je ne sais pas, avoué-je, crispée.

Elle entoure la tasse de ses mains, peut-être pour les empêcher de trembler ou pour chercher un peu de chaleur.

— Ta sœur est quelque part...

— Elle va revenir, la coupé-je d'un ton ferme.

Elle me fixe en écarquillant les yeux. Je la fixe, moi aussi. À cet instant, j'aimerais qu'elle soit à ma place. Qu'elle m'assure que tout va s'arranger. Mais je crois que, de nous deux, c'est moi la plus forte, comme lorsque j'arrive habilement à lui faire assouplir une règle éducative.

— Tu... tu en es sûre ?

Elle me tend une main rendue tiède par la tasse de thé. J'y glisse la mienne, de manière quasiment naturelle. C'est peut-être le moment de parler de cet instant que j'ai surpris sur la vidéo-surveillance... de cet inconnu... mais, si ça n'a rien à voir avec la disparition d'Aly et que je gâche, ainsi, le seul vrai moment mère-fille que nous partageons depuis des semaines, des mois ? Peut-être que si je la réconforte, je me sentirai mieux, moi aussi...

Alors je lui promets, en plongeant mes yeux dans les siens,

qu'Allya sera bientôt de retour.

Anais Colin

qu'Allya sera bientôt de retour.

Chapitre Quatorze

Allya

Le café est déjà tiède et je n'y ai toujours pas touché... il faut réellement que je reconnecte avec la vraie vie. Je le remue doucement, sans y penser. Je regarde, de nouveau, le nombre de pages qu'il me reste à lire. Une grosse poignée encore.

Je me suis mise en retard sur la lecture de ce bouquin. Il est tellement nul que je bâille rien qu'en voyant la couverture. Pourtant, je dois le finir vite pour en faire un exposé d'au moins 15 minutes à la fin du mois de novembre. J'envisage sérieusement l'option de me barrer à 1000 kilomètres et de recommencer une vie faite de mojitos et de massages, dans le Sud. Il y aura bien un problème de fric lorsque mon compte épargne sera vide, mais je pourrais peut-être vendre mes fringues de luxe et danser à poil de temps en temps.

Le café refroidit vraiment. Je ne peux plus le boire maintenant. Je reste assise là à fixer les pages. Rien de ce livre ne veut entrer dans mon crâne, même en venant ici pour échapper à la tentation de faire autre chose. Et c'est sûrement pas prêt de s'arranger. J'entends la voix de Rachel dans ma tête : « Va sur Internet, il y a toutes les infos et ça prend pas 500 pages ! » En ce moment, elle doit boire un coup avec son mec. Bien loin de ce bouquin à la con. Et moi, comme une gentille fille, j'essaie de m'accrocher et de faire les choses correctement, sagement...

Je regarde rapidement autour de moi, m'interrogeant : les gens présents dans ce bar sont-ils intéressés par ma vie ? La réponse est sans doute non... Donc, si je sors mon ordi maintenant, qui pourrait savoir que, pour une fois, je vais suivre le conseil de ma flemmarde de sœur ?

— Pas plus ennuyeux que Zola, hein ?

Je regarde le mec assis à la table d'à côté. Il a relevé la tête de son téléphone et il me sourit.

Je laisse échapper un petit rire gêné, parce qu'en fait c'est le prof de physique. Il faudra que je dise à Alex qu'on avait tort, il change souvent de fringues. Aujourd'hui, il a mis un polo noir et un jean assorti, rien à voir avec le pull de la rentrée.

Comment on peut se sortir de là ? Impossible d'aller chercher des infos sur Internet maintenant, sa boisson vient d'arriver, il va rester assis un petit moment.

— Je... je ne vous avais pas reconnu, soufflé-je en tripotant le sachet de sucre.

— En même temps, qui regarde attentivement son prof de physique ? dit-il en riant. Et puis, j'aime bien passer inaperçu.

— Je n'appellerai pas la presse alors, en riant à mon tour.

La gêne me regagne presque aussitôt. C'est bizarre de discuter avec un vrai prof dans la vraie vie. Je fixe le café que j'ai gaspillé. Finalement, je devrais rentrer et finir ce livre...

— Un petit tour sur Wikipédia et ce sera réglé, hein ? dit-il avec un clin d'œil.

— Oh, euh... je n'avais pas...

— Ne t'inquiète pas, Allya. J'ai été élève, moi aussi. Et c'était il n'y a pas si longtemps !

Je le regarde, vraiment. Je lui donne peut-être 25 ans... ouais, dans ces eaux-là. Je lui souris en retour.

— Il y avait déjà Wikipédia ?

Il éclate de rire.

— Tu me prends pour un vieux ou quoi ? Bien sûr qu'il y avait Wikipédia, Facebook et d'autres trucs !

— Facebook, c'est une vieillerie. Nous, on utilise Insta.

Il me montre son portable. Page Instagram : Cédric Durand. Et une photo de lui, en short et tee-shirt, au bord de la mer.

— Vous avez mis votre nom complet sur Insta, soupiré-je.

— Oui bon, je n'avais pas d'idée de pseudo. Je suis moi, et point barre. C'est cool, non ?

Ses yeux rieurs me fixent et j'en oublie de répondre. Ouais, c'est sympa.

— Et puis, ne te moque pas trop. Parce qu'à mon avis, Insta, c'est pas tellement ton truc, je me trompe ?

Encore une fois, j'acquiesce sans dire un mot. C'est la première personne à me cerner en si peu de temps.

— Les réseaux ne m'intéressent pas tant que ça non plus. Je préfère prendre un bon livre, et je ne parle pas de cet emmerdeur de Zola.

C'est à mon tour de rire franchement.

— Plutôt quel style ? Des bouquins de sciences ?

— Tu rigoles ? Du suspense. Franck Thilliez ou encore Karine Giebel. Et toi ?

— Comment savez-vous que je lis ?

— Ta liseuse dépasse de ton sac.

Je range ma liseuse correctement, le livre de malheur aussi. Tout à coup, je n'ose plus relever la tête. Il me trouble.

— J'adore ce style. Mais si mes proches découvrent que je lis ça, ils me trouveront bizarre, c'est loin d'être soft...

— Ah ça, il y a toujours des choses qu'il vaut mieux garder pour soi.

Je referme mon sac en y glissant mon téléphone.

— J'espère que je ne te pousse pas dehors, Allya.

Mon prénom sonne bien dans sa bouche.

— Oh non ! Non, pas du tout...

— Alors, peut-être que tu reprendras un café ? J'aimerais bien avoir ton avis sur le dernier de Giebel, si tu l'as lu.

Après trois secondes, je repose mon sac.

— Plutôt un mojito, alors.

Chapitre Quinze

Rachel

MON PÈRE POSE UN CAFÉ DEVANT MOI ET JE ME précipite dessus. Plus d'horaires, plus de rythme. Ce n'est pas comme si on avait besoin de s'endormir à 21 heures.

— Ça fait trois jours plein, souffle ma mère en entrant dans la cuisine.

Elle ne s'assied pas, se contente de regarder par la fenêtre. Peut-être espère-t-elle qu'Aly va revenir comme si de rien n'était, avec des plats à emporter... et au fond, je l'espère un peu aussi.

— Papa, maman... je dois vous parler d'un truc sur Aly.

Je ne sais plus trop comment la décision de les informer s'est amorcée. Mon père est rentré du travail et m'a demandé si je voulais un café. Ma mère nous a rejoints, comme attirée par une révélation imminente. Depuis la disparition d'Aly, on ne s'est pas retrouvés à trois dans cette cuisine plus de deux minutes. Je ne sais même plus si ça nous arrivait, avant. J'ai l'impression qu'il n'y a plus d'avant, que seuls comptent le présent et le cauchemar qui nous emprisonnent peu à peu.

Ma mère s'assied enfin, à même le sol, contre le frigo. Mon père éteint la bouilloire, se tourne vers moi. Et je soupire, parce que maintenant que j'ai commencé, il va falloir déballer la suite.

— Voilà... j'ai la sensation de savoir, peut-être, pourquoi elle a disparu.

— Quoi que tu saches, tu dois tout nous dire... vous... vous vous êtes disputées, hein ?

Je blêmis. Je savais que ce serait difficile.

— Mais merde, c'était une dispute habituelle ! Aly ne voulait pas me prêter son chargeur, elle dit que je les perds toujours ! Et moi, j'avais besoin de mon téléphone pour aller chez Éloise ! Pas de quoi en faire un drame !

J'ai envie de leur hurler que s'ils avaient été là au moment de notre chamaillerie, ils sauraient que ce n'est pas si grave. Même si j'ai lâché à Aly que, si elle avait une vie pourrie, moi en revanche, j'avais des impératifs... ça ne peut pas être la raison de tout ce bordel.

Je me lève de table en repoussant brutalement ma chaise. Je ne sais pas qui a informé les flics de cette dispute. Personne n'était là et je n'en ai pas parlé à mes amis. Aly s'est peut-être confiée à quelqu'un. Ou alors Accusatrice a bluffé pour me mettre mal à l'aise et faire douter mes parents. Je serre les poings.

— Il t'arrive d'être insupportable, Rachel, se défend mon père en soupirant. Combien de fois as-tu dit à ta sœur que sa coiffure était ridicule, que son ami Alex était un nul, qu'elle était bizarre ?

Je jette un œil vers ma mère qui acquiesce. Le moment plein d'émotion de tout à l'heure est rapidement oublié, apparemment.

— Aly sait que je dis ça pour...

Pourquoi, au fait ? Je ne le sais même pas. Depuis toujours, je charrie ma sœur sur tout. Parce qu'elle ne fait pas, ne pense pas et ne vit pas comme moi. Et ça n'a jamais posé de problème... du moins, je le pensais. Depuis sa disparition et la découverte du forum, de sa lingerie et des sous-entendus à peine voilés de mes parents, j'ai l'impression d'avoir été un monstre pendant des années.

— Je ne l'ai pas fait fuir, murmuré-je, dos à eux.

— Le plus important, c'est de la retrouver, déclare ma mère sans un mot pour moi.

Encore une fois, Allya passe avant moi. Elle a disparu et c'est terrible. Du coup, je suis la coupable. Parce que je dis parfois des trucs blessants, que je pousse les gens dans leurs retranchements... mais si je ne fais pas ça... qui me remarque ?

— Rachel... commence mon père en posant sa main sur mon épaule. Ta mère et moi, on est complètement perdus...

— Moi aussi, qu'est-ce que tu crois ? rétorqué-je en me rasseyant, triste à en pleurer.

Et, d'une voix atone, je leur raconte tout, enfin, dans les grandes lignes. Je ne leur parle pas de la dentelle et des capotes au fond du placard. Mais le forum, JohnSmiss et leur promesse de se voir, tout y passe. Pour qu'enfin, ils me croient.

— J'appelle les flics, annonce simplement ma mère en sortant son portable.

Mon père fait les cent pas, les poings serrés. Maintenant que j'ai jeté cette bombe, je me sens soulagée, et en même temps, voir mes parents dans cet état me rend dingue.

Une demi-heure plus tard, je me pose sur la chaise inconfortable qu'on m'attribue, dans un bureau du commissariat. Je me retrouve entre mes parents, comme une petite fille. Les deux flics habituels sont face à nous, prêts à noter tous mes propos. Cette fois, je ne me fais pas désirer, je leur déballe tout de suite les infos.

— Avec Alex, on a découvert que ma sœur avait un compte sur le forum Doctissimo. Elle discutait surtout avec un mec bizarre, ils ont parlé d'une future rencontre et... elle a donné son numéro à ce gars. Ça fait des mois qu'ils échangent !

— As-tu lu toutes les conversations ? demande Accusatrice en me souriant, la garce.

— Non, j'ai passé beaucoup de messages. Je... c'est sa vie privée...

Vie privée que je viens de balancer aux flics, comme ça.

— On va s'en charger, assure Cheveux-Gris.

— Si notre fille a acheté un billet de train pour aller voir ce type, on doit en trouver une trace, s'affole mon père qui ne s'est pas assis depuis un bon moment.

— Oui, sauf si elle l'a payé en espèces... le point positif, c'est qu'on a une nouvelle piste... On ne doit pas perdre espoir, votre fille est quelque part et nous allons tout faire pour la retrouver.

Je ferme les yeux. Qu'est-ce qu'ils font encore là ? Barrez-vous, allez la chercher maintenant !

— Commencez par les caméras de surveillance de la gare, je ne sais pas, ordonne mon père.

— Nous ferons notre travail, Laurent.

Ah, je note qu'on est passé de Maître Daxes à Laurent... « Laurent » ne répond pas, tournant sur lui-même comme un lion en cage.

Machinalement, je fouille dans ma poche et sors ma lime à ongles. Je ne peux pas rester sans rien faire. Le parfum Dior d'Accusatrice m'apaise au moins un peu et me fait renouer avec mon monde... superficiel ?

— Merci Rachel, de nous avoir dit tout ça. Ça nous aide beaucoup.

À mon tour, je ne réponds pas. Tout à coup, je deviens gentille. Mais pour combien de temps ?

Chapitre Seize

Allya

Je retire mon manteau et le suspends à la patère dans le hall. La maison est calme, je m'y sens bien. Je m'avance vers le salon, jette un œil par la porte entrouverte de la cuisine et souris immédiatement.

— Salut ma belle, chantonne Roxanne en s'approchant de moi, habituée à ce que j'entre ici comme si j'étais de la famille.

— Bonjour ! Je ne savais pas que vous étiez rentrée, dis-je pendant qu'on se fait la bise.

Elle me désigne une chaise du doigt.

— Euh... Alex m'attend... certainement au sous-sol.

— Ah oui, bien sûr, sourit-elle de nouveau en ouvrant un placard.

Elle me tend une assiette pleine de biscuits et, alors que la sonnerie du four retentit, en retire une autre plaque bien garnie.

— Merci, soufflé-je en inspirant l'odeur du beurre et du sucre.

La maman d'Alex passe sa vie à sillonner le monde. Mais lorsqu'elle reste quelques jours chez elle, elle ne quitte pratiquement pas sa cuisine douillette et accueillante. Elle prépare des plats, remplit le congélateur, met de l'ordre dans ses papiers ou s'assied tout simplement avec Alex pour de grandes discussions. Ayant élevé son fils seule, elle a fini par avoir l'opportunité de ce job alors qu'Alex avait 16 ans. Hésitante, elle a pourtant saisi l'occasion à la suite de la promesse faite par son fils que tout irait bien, et qu'à 16 ans, on peut vivre de manière responsable avec la voisine qui passe de temps en temps. Et c'est ce qu'il a fait.

— Il y a des tuiles aux amandes aussi, si tu veux, ajoute-t-elle en vérifiant que son chignon est toujours impeccable.

— Non merci, on va déjà manger tout ça, la rassuré-je.

Je la remercie encore d'un sourire et me dirige vers la porte menant au sous-sol, face à l'entrée. Quand je l'ouvre, la musique me parvient enfin, comme sortie de nulle part. Aujourd'hui, c'est du Gims. J'imagine quelle serait ma vie si j'avais, moi aussi, un sous-sol insonorisé. Rachel me le piquerait sûrement pour organiser des tonnes de fêtes.

— Hello, me salue Alex en baissant le son sur sa télécommande.

Je lui rends la pareille en posant l'assiette sur la table basse. En m'asseyant dans le canapé, je soupire d'aise. Cette maison, cette ambiance me rassurent. J'adore Roxanne et ses gâteaux fabuleux, Alex, toujours prêt à m'accueillir les week-ends où rien ne bouge chez moi. Ce sous-sol, avec sa grande pièce principale, le mini-frigo dans un angle, l'écran géant sur tout un pan de mur, la barre de son au design impeccable, le canapé convertible. Avec la petite salle de bains adjacente à cette pièce, il nous arrive de ne pas sortir d'ici pendant deux jours entiers. Et il y a même des livres à moi, sur une petite étagère, que j'ai entreposés là en prévision d'un éventuel ennui. Mais je n'ai jamais le temps de lire quand je suis avec Alex. Je ne m'ennuie jamais avec Alex.

— Alors, prête à fêter Halloween ? demande-t-il en prenant un biscuit, à mon avis au chocolat.

— Ah ah, grincé-je, tout en attrapant aussi une des douceurs de Roxanne. On a vraiment une tête à faire du porte-à-porte ?

Ils sont effectivement au chocolat. Miam.

— Qu'est-ce que tu voudrais faire ? Te goinfrer de bonbons sans être allée en chercher ?

— Évidemment !

Comme je m'en doutais, il extirpe une boîte en plastique, cachée sous le canapé, qu'il ouvre aussitôt. L'odeur des bonbons gélifiés me ravit, mais je dois me raisonner. Penser à la compétition de l'autre jour que j'ai remportée, aux portes qui s'entrebâillent devant moi. Alors, je n'en prendrai que cinq. Non, dix.

La conversation dérive sur une nouvelle série qu'on essaie de regarder au même rythme.

— Tu te rends compte des secrets que cette fille cache ? À la place de ce mec, j'aurais filé.

— Elle a juste des amis différents, c'est tout...

Je ne poursuis pas, piteuse. Si Alex connaissait mes secrets, resterait-il mon ami ? Je ne peux pas lui parler de Benjamin, alias JohnSmiss. On me prendrait pour une folle de discuter depuis presque un an sur un forum sans le rencontrer. Pourtant, j'ai l'impression qu'on a grandi ensemble.

— Tu imagines, elle dissimule toute une partie de sa vie !

J'acquiesce en mâchant un autre biscuit. Je ne peux pas non plus lui parler de Cédric. M. Durand. Bref... Déjà parce que je ne saurais expliquer ce qu'il se passe avec Cédric. Rien, en réalité, ou en tout cas pas grand-chose. Après le café pris ensemble il y a trois semaines, j'ai eu du mal à faire comme si de rien n'était, une fois assise dans sa classe qui pue. Néanmoins, il a bien fallu, parce qu'une élève et un prof qui deviennent potes, c'est pas commun et surtout pas permis...

— Je me demande si c'est bien d'amitié qu'il s'agit, reprend Alex en changeant de musique.

Moi aussi, je me le demande. Parce que quand le regard de Cédric croise le mien, je reste clouée sur place. Et quand, pendant une seconde, il me sourit, j'ai envie de lui sauter dessus.

Chapitre Dix-Sept

Rachel

8 AVRIL 2019, 20 H 22

— JE SAVAIS BIEN QUE LA PISTE D'INTERNET ÉTAIT bonne, souffle Alex en reposant son verre sur la table en bois.

Je hoche la tête.

— Les flics sont sur le coup, ils vont arrêter ce malade et il nous dira bien où il l'a cachée...

— Si tu le dis, je finis par dire en m'affalant en face de lui.

— Tu ne prends rien ?

Il désigne sa boisson, mais je n'ai pas la force de me préparer quoi que ce soit. Je n'ai toujours pas lâché la lime à ongles depuis le commissariat, la tortillant dans tous les sens. Ça empêche mes mains de trembler.

J'écoute le silence, j'entends ma respiration saccadée. Nous nous sommes installés sur la terrasse, pour éviter de nous retrouver avec mes parents dans le salon. Ils se préparent de nouveau pour des recherches, avec quelques amis. Encore une fois, je n'irai pas et cette fois, ils n'ont même pas pris la peine de me le demander. Soit ils savent que j'ai fait du bon travail avec le forum, soit ils ne voient pas l'intérêt à ce que je participe, tout simplement. Alex, par contre, a prévu de les accompagner. Il pense que toute recherche est utile. Et, même si je peux comprendre son point de vue, je ne le suivrai pas dans cette voie.

— Ça va aller, chuchote-t-il en effleurant mon épaule.

Et qu'est-ce qu'il en sait, au fait ?

Se levant de table, il rentre par la baie vitrée et, pendant une fraction de seconde, je me demande s'il va partir comme ça, sans même me dire au revoir. Pire que ça, je me surprends à vouloir qu'il reste. Mais il revient deux minutes plus tard avec un verre et une bouteille de limonade qu'il dépose devant moi. Je pourrais en pleurer de reconnaissance, mais je ne le connais pas assez pour me laisser aller. À la place, j'appuie brièvement ma main libre sur son bras. Doucement, il prend mon autre main et déplie mes doigts un à un pour extraire ma lime à ongles. Un frisson remonte le long de mon dos et je serre convulsivement mes cuisses l'une contre l'autre.

— Tu ne peux pas arrêter de faire ta bimbo deux minutes ? demande-t-il sans me regarder, en glissant l'objet dans sa poche.

Réalisant que ma main est toujours dans la sienne, je la retire brusquement.

— Et toi, ne profite pas de chaque occasion pour tripoter une femme, répliqué-je en ouvrant ma limonade.

— Une femme, s'esclaffe-t-il en rejetant la tête en arrière. Tu es vraiment dans ton monde, toi, hein ?

Je balaie sa remarque d'un geste de la main.

— Ce n'est pas moi qui m'invente un monde, c'est toi qui persistes à vivre cloîtré dans le tien.

Il sourit, je fais de même. Durant quelques minutes, nos regards restent vissés l'un à l'autre, peut-être pour savoir qui baissera les yeux en premier. Peut-être aussi parce que l'intensité du moment nous hypnotise.

— J'ai pensé à un truc, reprend-il doucement, nous ramenant à la réalité. On pourrait essayer quelque chose de plus...

Je bois une gorgée de soda. S'il y a de l'action, je suis partante.

— La première fois qu'on a allumé l'ordinateur, on est tombés sur des mails. Et puis on s'est précipités sur ce forum à la con. Ça nous a permis de voir avec quelle sorte de pervers elle discutait...

— On ne sait pas encore si c'est un pervers.

— Ouais, enfin moi, j'en suis presque sûr ! Bref, on a oublié de s'intéresser à sa boîte mail, et je me dis qu'il pourrait y avoir des infos là-dedans. Bois, ajoute-t-il.

Curieusement, j'obéis, tenant mon verre d'une main, sortant mon portable de l'autre.

— Les flics sont en train de le faire, rétorqué-je tout de même.

— Depuis quand comptes-tu sur eux pour avancer ? Je te rappelle que c'est toi qui fais progresser l'enquête depuis le début !

Je lève les yeux sur lui. Il est mal coiffé, ses yeux sont cernés et une tache de sauce ou je ne sais quoi orne son tee-shirt sur l'épaule droite. Ma sœur doit énormément lui manquer, à lui aussi. Ils ont l'habitude de se voir dès qu'ils le peuvent, soirées Netflix à gogo, des heures passées à discuter de trucs qui me dépassent. Deux intellos ensemble, quoi. Et sans elle, il doit se sentir infiniment seul.

Je lui montre mon téléphone et j'essaie de lui sourire. Dans cette galère, on forme une équipe et quand on retrouvera Aly, on pourra lui raconter qu'au final, on s'entend bien.

Chapitre Dix-Huit

Allya

IL FAIT UN FROID DE MALADE ET POURTANT JE TRANSPIRE comme une tarée. J'arrache mon bonnet tout en continuant de courir, me demandant pourquoi j'ai mis ce machin. En sortant ce matin, Rachel me l'a enfoncé sur la tête en se foutant de moi et j'ai accepté de le garder...

Les chansons défilent, Jayson Derulo, Nicki Minaj, Ofenbach et me donne la pêche. Même si je le voulais, j'ai l'impression que je ne pourrais pas m'arrêter de foncer. Cette fois, j'ai choisi d'éviter de tourner en rond au stade pour traverser une partie de la ville. Peut-être un peu aussi pour davantage me concentrer.

Ces derniers temps, chaque fois que j'allais au stade, j'attendais, j'espérais le croiser, comme en début d'année. Je voulais croire qu'il serait venu pour moi, j'avais l'impression de l'apercevoir au loin... mais rien, bien sûr. Quelques mails, pour des questions sur des devoirs. À la fin d'un message, une fois, j'ai écrit : « Dans l'attente de vous revoir. » Comme ça, sans peser mes mots.

En retour, il m'a répondu : « Dans l'attente de te revoir, Allya. »

Mon cœur a explosé dans ma poitrine. Ces simples mots m'ont enchantée.

On se croise dans les couloirs du lycée et on se voit en cours. Je ne participe toujours pas. Il ne me regarde presque pas. Mais ça ne veut pas dire qu'on ne se voit pas.

Je me laisse tomber sur un banc, à bout de souffle. Je prends mon portable, ça me fait oublier mes jambes flageolantes. Je jette un coup d'œil au magasin de l'autre côté de la rue, tout illuminé en cette période d'avant Noël, puis je me concentre sur mon écran. Rachel vient de m'envoyer une photo de son nouveau mec. Pas mal, il faudra que je le croise rapidement pour savoir ce qu'il a dans le crâne, et elle me dira encore que je suis cinglée.

J'ai un message de JohnSmiss : « Salut ! Journée en famille pour moi ! Et toi, tu cours ? »

Je souris en lui répondant. J'espère que je pourrai bientôt le rencontrer en vrai.

Je regarde vite fait mes mails, avant de repartir. En supprimant toutes les pubs, je manque d'effacer un mail de Colissimo. Je pense que c'est une erreur, parce que je n'ai rien commandé.

« Votre colis no... »

Mais quel colis ?

« vous attend en point relais au 13, rue des Hortensias. »

Je fixe mon écran pendant quelques secondes avant de me relever, lentement. Si ça se trouve, Rachel a encore commandé un vernis à ongles et elle aura donné mon mail en coordonnées.

— Allô, répond Rachel, la voix enrouée.

— Qu'est-ce que tu fous ?

— Vincent est venu...

— Tu sors du lit, quoi, je conclus en souriant.

— Ouais, acquiesce-t-elle avec un petit rire. T'as fini ?

— Ouais, répété-je. T'as commandé quoi dernièrement ?

— Pff rien... plus de fric et les parents m'ont dit de me démerder jusqu'au mois prochain.

Je monte dans le bus qui vient d'arriver. J'aurais pu y aller en courant, mais...

— Pourquoi tu me demandes ça ?

— Non, mais j'ai reçu un colis et je ne sais pas ce que c'est.

— Fais gaffe, il y a peut-être un piège dedans...

Sa voix est plus posée, elle est complètement revenue à la réalité.

— Je te dirai quand je l'aurai ouvert !

— Et Aly, tu me passerais ta carte ? Il y a un parfum qui...

Je raccroche en souriant. Ma sœur ne changera jamais.

C'est un tabac-presse qui sert de point relais. Si je croise quelqu'un du lycée, on croira que je fume alors que je refuse quasiment toutes les clopes qu'on me propose. Peut-être qu'ils me verraient enfin comme une fille cool, ça changerait de « la sœur assez sympa de Rachel ».

Le colis est assez petit. Je l'emporte rapidement en me demandant si je vais finir par l'ouvrir. Mais une fois assise à l'arrêt de bus, je n'y tiens plus. Un livre, ça a la forme d'un livre. Je finis de le déballer. Tu me manques de Harlan Coben. Je le feuillette rapidement, surprise.

« Je crois que celui-là, tu ne l'as pas. Pense bien au titre et passe un bon moment. C. »

C'est écrit sur un marque-page glissé au début du livre. Bordel de merde. Dans un état second, je prends le temps de remettre correctement le livre dans sa boîte. Et puis, je cherche l'adresse de l'expéditeur. Il faut que je prenne le bus d'en face.

Chapitre Dix-Neuf

Allya

Petit immeuble, sans prétention. Je cherche son nom sur l'interphone, ma main serrée autour du paquet. Plus question de reculer maintenant, même si j'ai l'impression que je vais tomber dans les pommes d'une seconde à l'autre.

— Oui ? demande-t-il par micro interposé.

J'essaie de dire mon nom, mais rien ne sort de ma bouche.

— Allya, je réussis enfin à articuler et j'espère qu'il a entendu.

Aucune réponse ; mais le clic de la porte m'indique que j'ai parlé assez fort. Je regarde les boîtes aux lettres, pour avoir une idée de son étage. Au fond du couloir, une porte s'ouvre déjà.

Il est là-bas, face à moi. Les cheveux mouillés, il sort sûrement de la douche. Un tee-shirt, un short, des tongs. Il est au courant que c'est glacial, dehors ? Mais il n'a manifestement pas prévu de sortir.

Je fais quelques pas dans sa direction, les jambes soudain trop lourdes. À ce moment précis, on se regarde vraiment dans les yeux. Il ouvre la bouche, mais la referme aussitôt. Qu'est-ce qu'il voulait dire, au juste ? Que je n'ai pas de raison de venir ici ? Tout à coup, je suis effrayée à l'idée de m'être trompée, d'avoir confondu l'expéditeur du livre, ou un truc comme ça. J'ai envie de vérifier sur la boîte, mais je sais que ça n'aurait aucun sens.

— Eh bien, entre, chuchote-t-il presque.

Sa voix, d'habitude grave et joviale, me semble maintenant plus sérieuse, presque timide. Je passe devant lui, m'avance dans son entrée. Gênée, je regarde autour de moi, mais il n'y a pas grand-chose à voir. Un porte-manteau accroché au mur, une porte fermée sur la droite et un salon en face. La télé est allumée et j'aperçois une bibliothèque contre le mur. J'aimerais bien qu'on s'asseye un jour dans ce salon et qu'on parle de chaque titre de cette bibliothèque. Mais pas maintenant.

Quand je me tourne vers lui, il a tout juste refermé la porte.

— J'espère que tu ne l'as pas lu, souffle-t-il en désignant le colis que je tiens toujours. Tu as peut-être eu le temps de...

Il ne termine pas sa phrase. Elle aurait été trop longue, de toute façon. Et puis, j'ai posé mes lèvres sur les siennes, alors le dialogue est compromis.

C'est un baiser doux, léger. Contrairement aux quelques-uns que j'ai reçus avant, Cédric ne bave pas dans ma bouche, n'essaie pas d'aspirer ma langue ou de me peloter les seins. Aucun goût d'alcool ou de tabac froid, non plus. Plutôt un parfum enivrant, une odeur que je ne connais pas.

Sans me repousser, il prend mon colis pour le déposer quelque part. Et puis il m'enlace. Ses bras m'entourent, et je me sens en sécurité. Ses mains sont sagement posées sur le bas de mon dos, et je me sens respectée. À ma place, enfin, dans ce monde où je détonne toujours. Sa langue se fraie un passage vers la mienne. Dans le flou de mon corps en ébullition, je réalise que je n'y connais pas grand-chose. Je n'ai ni son âge ni son expérience. Ça pourrait me faire peur, me déstabiliser. Mais l'excitation a depuis longtemps pris le pas sur tout le reste.

Il me caresse le dos, comme s'il avait lu dans mes pensées. J'ai chaud tout à coup. J'aimerais qu'il me caresse partout, qu'il me montre ce qui lui fait plaisir, à lui. Mais il ne balade pas ses mains sur moi, comme avait essayé de le faire ce gars à la soirée du mois dernier. Il se contente de m'embrasser, et c'est tellement bon que je n'ose rien tenter, de peur de faire éclater cette bulle extraordinaire. Alors, serrée contre lui, je m'abandonne.

Chapitre Vingt

Rachel

J'ALLUME LA CLOPE PIQUÉE TOUT À L'HEURE DANS LE paquet de mon père et ça me fait un bien fou. De temps en temps, j'en rafle une ou deux, ça passe toujours. Et lors de situations comme celles-ci, je suis sûre que mon père aurait fumé avec moi sans problème. Cette idée me fait sourire.

Soupçonner mes parents, même si c'était une option, me paraît tellement bizarre à présent. Qu'ils soient légèrement insensibles, c'est un fait. Qu'ils détiennent des infos sur sa disparition sans me les dire? Je n'ai pas le courage de me lancer dans cette théorie.

Une voiture passe de l'autre côté du portail. Où vont ces gens? Au travail, à un rendez-vous, rencontrer l'amour de leur vie? Savent-ils que ma sœur sans défense et livrée à elle-même a disparu? Savent-ils qu'à force de ne pas l'écouter, je l'ai poussée à ne rien me dire?

Fouiller dans ses mails, c'est chiant, il n'y a pas d'autres mots, mais je préfère ça à ne rien faire. Des pubs à n'en plus finir, des mails du lycée, des notifs de ce putain de Doctissimo. Je commence à croire que je ne trouverai rien.

Alex est resté avec moi quelques heures, mais on a fini par se donner rendez-vous plus tard, «à tête reposée». Comme si on allait se mettre au lit avec une tisane et un bon épisode des Feux de l'amour... Sans y penser, je lui ai proposé de rester avec nous. Notre canapé n'est pas luxueux, mais le confort y est. Il a préféré rentrer chez lui, prétextant qu'il devait absolument prendre un somnifère pour dormir. Peut-être que sa console de jeux va chialer sans lui, ou qu'il dort avec une peluche, aussi. Aly aurait sans doute ri à cette blague. Enfin, je l'espère.

J'écrase le mégot d'un pied rageur. Je retourne dans la maison par l'arrière, un bonbon à la menthe dans la bouche.

Dans notre grande chambre, j'ai toujours autant de mal à regarder son lit, alors j'ai appris à ne tourner la tête que d'un côté quand j'entre dans la pièce.

La notification d'un nouveau message apparaît sur l'écran de mon portable. Je suis vite déçue en découvrant un « Coucou, tu vas bien ? » de Maxime. C'est pas le moment de s'envoyer en l'air, Ducon, regarde les infos. Je zappe le SMS et retourne aux mails de ma sœur. Je vais bien finir par...

— Allô, dis-je d'une voix pâteuse.

— Rachel, ça va ?

Alex.

— Ça irait mieux si je ne m'étais pas endormie...

Je décolle brièvement le téléphone de mon oreille pour regarder l'heure : 12 heures. J'ai encore perdu du temps à roupiller. Et en plus, la position que j'ai prise, en m'assoupissant, laisse mon bras gauche engourdi et douloureux.

— J'étais loin d'imaginer que tu dormirais, désolé. Vite, vérifie que ton maquillage n'a pas coulé...

Je souris, sans rien dire. Il y a une semaine, j'aurais eu envie de l'étriper pour ça.

— Bref, je voulais être sûr que tu avais vu ce mail.

— Quoi ? Qu'est-ce que tu me racontes ?

— Je me suis connecté au compte d'Aly, moi aussi. J'ai pensé qu'à deux, on pourrait aller plus vite.

C'est dingue, sa présence me rassure. Il m'épaule, me propose de faire front avec moi. Je ne peux pas en dire autant d'Émilie et Savannah, ou encore de mes parents.

— Tu as dû recevoir mon message, je t'ai fait une capture d'écran.

En effet, je sens mon téléphone vibrer dans mon oreille. Et les battements de mon cœur s'accélèrent.

Je consulte le screen, les mains moites. La première chose qui me saute aux yeux c'est l'objet : « Bienvenue sur Snapchat ».

— Putain...

— Elle ne te l'avait pas dit ? demande Alex, désormais en haut-parleur.

— Bon, si c'est pour souligner en permanence qu'Aly m'a caché toute une partie de sa vie, tu peux retourner à tes jeux vidéo, lui renvoyé-je avec colère.

— Excuse-moi. Aly m'a dissimulé plein de choses à moi aussi. Le plus important c'est de la retrouver.

— Elle était anti-réseaux, bordel... murmuré-je, faisant fi de ce qu'il vient de dire, parce que ce n'est pas le moment.

Me levant d'un bond, je commence à faire les cent pas le téléphone à la main.

— Jamais je n'aurais pensé qu'elle utilisait ce truc, on s'était dit que c'était débile...

Une pointe de satisfaction me traverse. Je ne suis pas la seule à me torturer face à toutes ces découvertes. Ça fait un bien fou.

— Mais pour parler à qui ? me demandé-je à voix haute. À part nous...

Je m'interromps, à bout de forces. Bien sûr qu'Aly avait une vie à part nous, à part moi. Doctissimo, la lingerie et j'en passe... Puis, horrifiée d'avoir pensé à Aly au passé, je plaque une main sur ma bouche, comme si tout le monde m'avait entendue.

— Alex, dis-je enfin d'une petite voix. Il faut que tu viennes, qu'on accède à son compte...

— Mais les snaps, c'est pas éphémère ?

Désespérée, un cri de frustration m'échappe et je donne un coup de pied dans mon sac.

— Attends Rachel, ne panique pas, s'écrie-t-il à l'autre bout de la ligne. J'arrive, d'accord ? On va faire tout ce qu'on peut, je te le promets.

Sans répondre, je coupe la communication. Debout au milieu de la chambre, je laisse le poids de cette nouvelle impasse peser sur mes épaules.

Nos bras se touchent, il pianote sur son portable et je le regarde faire. Il n'y a même pas une heure, j'apprenais que ma sœur avait un compte Snapchat. Maintenant, je tente de m'y infiltrer avec son meilleur ami.

Alex clique sur « Mot de passe oublié », en crée un nouveau avec l'adresse mail d'Aly et le tour est joué. Ça fait presque peur, tellement c'était facile.

Au moment où il retourne sur l'appli, nous échangeons un regard.

— Tu es sûre ? chuchote-t-il.

— Il le faut, assuré-je en cliquant à sa place.

Si je réfléchis, je m'effondre. Et Aly a besoin de moi. Quelque part.

Son nom d'utilisateur est « Lectricedepolars ». Son Bitmoji, son avatar Snapchat, c'est une fille aux oreilles de chat.

— Et en plus, elle se moque des gens qui font ça, marmonne Alex.

— Ouais, eh bien elle a changé d'avis, on dirait.

Un instant fugace, peut-être pour oublier la réalité, je me rends compte que je suis assise dans mon lit avec Alex. Si l'urgence n'était pas au rendez-vous, j'aurais tenté de voir quel effet je lui faisais.

Évidemment, les messages envoyés et reçus ne sont déjà plus visibles. L'appli parfaite pour les secrets, je suis bien placée pour le savoir. Il y a encore quelques semaines, j'ai échangé des snaps coquins avec Maxime, et les photos érotiques qui vont avec. Et il n'y en a plus aucune trace.

— Regarde ses contacts, on sera fixés.

Le tour est vite fait. Il n'y en a qu'un seul : « LecteurdePolars ». Putain de merde, ça nous avance tellement.

— Elle a créé son compte pour parler en secret avec ce mec seulement, récapitule Alex en se massant les tempes. En plus, lui, il n'a pas d'avatar.

Je ne dis mot, bouche bée. Est-ce encore ce JohnSmiss qu'elle voulait tellement rencontrer ? Ou un autre que je ne connais pas ?

Sans y penser, j'ouvre un tiroir et agrippe ma palette de fards Dior. Au contraire de mon cerveau en surchauffe, mes mains ont besoin d'une action utile.

Chapitre Vingt-Et-Un

Allya

— Ouais, je sors du bus, là, indiqué-je en pressant le pas.

On est en janvier et il fait froid, la belle affaire. Et là, j'ai hâte de me glisser sous ma couette, un sandwich dans une main, et mon téléphone calé sur une série, dans l'autre.

— Demain, on pourrait se retrouver chez moi pour bidouiller la cafetière de ma mère. Le café sort tiède, c'est bizarre, propose Alex à l'autre bout de la ligne.

— Le kiff total, effectivement, je ris en attendant que le feu passe au vert.

— Bon allez, je te laisserai regarder Gossip Girl en attendant, je suis pas chien.

Je le menace de raccrocher. Malgré ma honte de le dire, j'adore Gossip Girl. Et depuis qu'Alex l'a découvert, il en joue cet enfoiré.

— Alors on ne se voit pas des vacances, et en plus tu veux me raccrocher au nez? Je sais pas si j'ai bien fait de te dire bonjour la première fois qu'on s'est vus finalement.

— Peut-être que tu aurais dû passer ton chemin, je renchéris en traversant la rue.

C'est vrai que j'ai évité mon meilleur ami pendant toutes les vacances. En plus, j'avais de très bonnes excuses, entre Noël en famille et une soirée de Nouvel An branchée à laquelle il ne voulait pas assister. Il m'a manqué, évidemment. Mais il fallait à tout prix que je me blinde pour ne pas craquer à la première seconde.

— Alors, quoi d'autre à me raconter ? Rachel est partie vivre en Amérique du Sud ?

— Pourquoi l'Amérique du Sud ? demandé-je en vérifiant la boîte aux lettres, vide.

— C'est assez loin pour moi, déclare-t-il en riant.

Je l'entends s'allumer une cigarette et c'est comme si l'odeur du tabac à rouler m'enveloppait, âcre et tenace.

— Elle vit toujours ici, je prends la peine de préciser en entrant dans la maison, vide, elle aussi.

— Eh bien, dis-lui que de nous deux, c'est à moi que tu te confies le plus, ça va l'énerver.

Mes lèvres s'étirent en un sourire crispé qu'il ne peut pas voir. Alex et Rachel sont toujours en train de se démonter l'un et l'autre. Ils représentent typiquement les deux ennemis qui finissent ensemble dans les films. Sauf qu'on est dans la vraie vie. Et que de toute façon, je leur cache à tous les deux que j'ai embrassé le prof de physique sans réfléchir. Et qu'il m'a rendu mon baiser, sans hésiter.

— Je dois te laisser, articulé-je en desserrant mes lèvres que j'avais inconsciemment pincées.

— OK, alors...

— Je viendrai demain, accepté-je tout de même.

— Ça marche, sourit-il de son côté.

Je jette mon portable sur le lit, déballe mon sac et enfile mon ensemble d'intérieur, un débardeur et un legging confortables. Je range mes affaires de sport, vérifie les livres dont j'aurai besoin pour les cours prochains et me dirige vers ma partie du dressing. Après quelques minutes à fixer les étagères, interdite, j'ouvre finalement mon tiroir à sous-vêtements. Ce n'est pas l'endroit idéal, mais après tout, qui ira fouiller là ? Je sors le petit paquet que j'ai bourré au fond de mon cartable cet après-midi. J'ai fait comme si j'allais à la bibliothèque parce qu'elle est à deux rues du magasin, c'est pratique.

Je jette un coup d'œil derrière moi, l'oreille aux aguets. Je ne commets aucun crime et pourtant j'ai l'impression d'être une fugitive.

Je sors la nuisette de son emballage en papier. Pendant une seconde, la dentelle, la coupe, le côté suggestif m'attirent. Je m'imagine l'enfiler, dans une salle de bains inhabituelle, sortir de la pièce vêtue ainsi et m'avancer vers celui que je voudrais séduire. L'image de Cédric s'impose à moi et j'essaie de la chasser, de toutes mes maigres forces.

Je roule prestement le minuscule tissu en boule et le glisse au fond du tiroir en espérant que ça passe. Une fois l'emballage disparu dans la poubelle, je me sens mieux. Un sourire se dessine même sur mes traits alors que je me connecte au forum.

LiliTigresse : « Ça y est, je l'ai fait ! »

Je joins la photo de la nuisette au creux de ma main.

LiliTigresse : « Défi remporté. Je suis une winneuse. »

Cette fois, c'est lui qui avait besoin de réconfort. Alors, il a lancé notre fameux défi. Et franchement, j'étais à deux doigts de refuser. Ça dépassait tout ce qu'on n'avait jamais fait. Néanmoins, déclarer forfait ne me plaisait pas non plus... alors, je suis entrée dans ce magasin de lingerie et j'ai acheté la nuisette la plus classique que j'ai trouvée.

J'attends quelques minutes, assise dans la cuisine, un cappuccino entre les mains. Et puis, finalement, la réponse arrive :

JohnSmiss : " Bravo, ma poule ! Honnêtement, je ne pensais pas que tu irais au bout. Acheter une nuisette sexy, c'est réussi ! "

Je souris de nouveau, fière de moi. Je ne comprends même pas le pourquoi du comment. Pourquoi on continue ce petit jeu qui prend une tournure un peu étrange ? Pourquoi ma fierté est-elle importante au point d'accepter de me rendre dans cette boutique faite pour des femmes plus expérimentées que moi? Mais, face à la vendeuse, je n'étais plus Allya, la gentille petite élève férue de lecture et de course à pied. J'étais confiante, j'étais une fonceuse, le genre de femme qui porte des nuisettes comme on enfile ses baskets.

Et puis, maintenant que je l'ai, il faudra bien l'utiliser...

Chapitre Vingt-Deux

Rachel

9 avril 2019, 14 h 10

Avant la disparition de ma sœur, je n'avais vu l'intérieur d'un commissariat qu'à la télé, dans des séries populaires. Difficile d'admettre que c'est déjà la deuxième fois que je m'y retrouve, de nouveau assise entre mes parents comme une gamine.

On reste là, les yeux baissés, à attendre. Peut-être qu'ils se disent que c'est bizarre d'être ici pour Aly, parce que de nous deux, j'étais la plus susceptible d'être traînée chez les flics. Je repasse le film de ces derniers jours dans mon esprit... J'ai l'impression d'avoir mis le nez dans la vie privée d'une inconnue, d'évoluer dans un tunnel dont je ne vois pas le bout. Ma si discrète, si conciliante, si secrète sœur jumelle. Elle achète des nuisettes en dentelle. Elle a Snap et tout va bien. Elle parle à des inconnus, et peut-être, fait-elle bien plus avec eux. Quand trouvait-elle le temps de faire tout ça ? Comment trouvait-elle la force de n'en parler à personne ? Est-ce qu'elle m'a menti en permanence ?

— Souhaitez-vous de l'eau, du café ? nous demande gentiment Cheveux-Gris.

Il est debout face à nous, un sourire plaqué sur les lèvres. Soup-çonneuse, je guette l'apparition de cernes sous ses yeux, signes révé-lateurs de nuits passées à chercher ma sœur. Je n'en trouve aucune.

Mon père commence aussitôt à poser des questions sur l'avancée de l'enquête, refusant toute perte de temps en banalités.

— Je vais vous informer de nos progrès, assure Cheveux-Gris en s'asseyant face à nous. Tout d'abord, nous avons épluché les discussions entre votre fille et ce JohnSmiss, à la recherche d'indices sur sa localisation.

Un étau se referme autour de ma poitrine. Et maintenant, vous allez faire quoi, hein ? Nous projeter un PowerPoint avec les échanges de messages par ordre d'importance ?

— Je préfère le préciser tout de suite, nous n'avons pas retrouvé cette personne. Beaucoup de messages mentionnaient sa prétendue ville, Orléans, mais...

— Prétendue ? attaque ma mère d'une voix suraiguë.

— Prétendue, confirme notre interlocuteur. Aucune trace de cet individu à Orléans. Son adresse IP est beaucoup plus proche d'ici, elle vient d'un fast-food du centre-ville. Rue Saint-Pierre, ajoute-t-il comme si cet élément était essentiel.

— Putain, laissé-je échapper en serrant les poings.

Mes parents ne me reprennent même pas.

— Ici, à Caen ? souffle mon père, pour une fois hébété. Mais qui c'est ?

Si nous le savions, ce serait l'idéal. Malheureusement, retracer des connexions dans un fast-food, même régulières...

— Les caméras de surveillance ? tente ma mère.

— Le problème, Madame, c'est que des dizaines de gens sont assis dans des fast-foods avec des ordinateurs devant eux, tout au long de la journée... Par ailleurs, les vidéos de surveillance ne sont pas conservées indéfiniment... ça fait déjà un mois que votre fille ne discute plus avec JohnSmiss.

— Elle lui a donné son numéro, fais-je remarquer. Ils ont dû continuer par téléphone. C'est sûrement lui qui l'a appelée la veille de sa disparition...

— Oui, certainement, mais aucune trace. Aucun SMS à un numéro autre que ceux déjà relevés. Très peu d'appels et toujours vers des personnes de son entourage.

Je me prends la tête dans les mains, découragée. Je n'ai pas envie d'abandonner... mais tout m'y pousse, merde.

— Mais ils parlent de quoi? Ils ne se connaissent même pas. Il y aurait... des traces d'une rencontre? demande de nouveau ma mère.

— Aucune allusion, si ce n'est de prendre le train un jour pour se voir. Ce qui évidemment n'aurait servi à rien... votre fille a donc discuté avec quelqu'un qui la manipulait en lui donnant de fausses informations sur lui...

— Dans quel but? reprend mon père. Ça fait combien de temps que ça dure? Est-ce que ce mec lui a demandé des... photos ou autres?

— Aucune discussion sexuelle, répond Cheveux-Gris, l'air déçu comme si cela pouvait leur donner une vraie piste. Jamais d'allusions à l'intimité de l'un ou de l'autre. Toutefois, nous avons constaté qu'ils avaient tendance à se lancer des petits défis... récemment, Allya s'est rendue dans une boutique de lingerie pour en relever un... Elle a, par la suite, envoyé la photo d'une nuisette dans sa main. Aucune nudité, aucune conversation sur ce sujet. Un simple gage, en somme.

Mon corps entier est saisi d'un frisson glacé. C'est donc ça, la dentelle au fond du placard. Un « défi entre potes »... comment a-t-elle pu se retrouver dans une relation aussi bizarre ?

— Ils discutent depuis l'été dernier... et sans aucune raison apparente, si ce n'est le plaisir de parler... aucune information concrète, conclut Cheveux-Gris.

Nous ne répondons plus, sidérés. Mes parents se sentent sûrement complètement dépassés, mais franchement, c'est ça être parent, non? Croire que ses enfants sont à la bibliothèque alors qu'ils se roulent des pelles dans un coin. Et puis, leur truc c'est d'être au boulot, pas de nous demander ce qu'on a fait de notre journée. Mais moi… moi, sa jumelle. Je n'ai rien vu.

— Rachel, tu n'as pas une idée de qui aurait pu…

— Comment je le saurais ? je l'interromps, l'œil noir.

Je regrette soudain de ne pas avoir apporté mon vernis à ongles pour m'occuper les mains.

Ma mère me touche brièvement le bras, pour me dire d'y aller doucement. Ou peut-être pour me montrer qu'ils ne me soupçonnent plus, mais ça m'étonnerait

— Nous continuons de rechercher des indices dans leurs échanges, ça s'étale sur des mois, se justifie-t-il en nous adressant un regard désolé. Ce qui ressort pour l'instant, c'est qu'Allya lui racontait pas mal de choses sur sa vie… le sport, la vie familiale, les sorties qu'elle ne tenait pas trop à faire…

— Je la forçais à y aller, avoué-je. Pour voir du monde, s'amuser…

J'ai eu besoin de le dire. D'expliquer que je ne l'ai pas écoutée. Que j'ai critiqué chaque tenue qu'elle choisissait, que je me suis moqué de chaque activité qu'elle faisait, que j'ai scruté chaque fréquentation qu'elle ne me dissimulait pas…

— Tu as voulu bien faire, me rassure Cheveux-Gris et, quand nos regards se croisent, je sens qu'il est sincère.

— Ce n'était pas à toi de veiller sur elle, renchérit ma mère, des larmes dans la voix.

Mon père, le visage fermé, attend visiblement la suite. Parce qu'il y en a forcément une, non ? On ne nous a pas fait venir ici, juste pour entendre qu'il n'y a aucun indice, une impasse.

— Allya a quand même mentionné des choses intéressantes dans ses messages ces derniers mois. Elle a évoqué… une relation. Avec un homme.

— Un homme ? Qui encore ? Il y en a combien, au juste ? s'affole mon père en se levant et se rasseyant, résigné.

— Je vais vous montrer directement, dit-il en sortant une feuille de papier de son dossier.

Je me demande fugacement s'ils ont donné un surnom à l'enquête comme pour les grosses affaires, du genre « disparition de la jumelle » ou « la fille du forum ».

Nous nous rapprochons tous les trois de la feuille posée devant nous. Nos épaules se touchent et, en cet instant, j'ai l'impression que nous sommes unis, soudés... une famille. Alors, malgré mon envie de sceller mes paupières, je commence à lire, pour donner une chance à notre famille d'être complète à nouveau.

28/12/2018

JohnSmiss : Comment va aujourd'hui ?

LiliTigresse : Très bien. En plein dans la lecture d'un super polar.

JohnSmiss : Tu en as eu un à Noël ? Tu ne m'as pas dit. C'est lequel ?

LiliTigresse : C'est un cadeau un peu avant Noël.

JohnSmiss : Qui est assez con pour t'offrir des cadeaux avant Noël ?

LiliTigresse : C'est quelqu'un de génial.

JohnSmiss : Cool ! Alors j'imagine que c'est un mec, dis-moi tout STP !

LiliTigresse : Arrête d'être curieux ! Il ne se passe pas grand-chose entre nous, c'est du genre relation impossible. Mais le peu qu'il y a est fantastique.

JohnSmiss : Relation impossible ? C'est qui, ton mec, un ministre ou quoi ?

LiliTigresse : LOL non, mais quelqu'un avec qui je n'ai pas le droit de sortir...

Mes mains se mettent à trembler sur mes genoux, mais je continue de lire.

15/01/2019

JohnSmiss : Et ton mec, comment il va ?

LiliTigresse : On ne se voit pas beaucoup en ce moment. Pas facile d'être seuls tous les deux.

JohnSmiss : Il fallait choisir un mec normal ! Et son cadeau, il t'a plu ?

LiliTigresse : Tu me manques de Harlan Coben. Un livre super.

JohnSmiss : Le titre est un message, non ?

LiliTigresse : Je ne sais pas. Peut-être...

JohnSmiss : Je peux au moins connaître le nom de ton admirateur secret ?

LiliTigresse : Non, désolée. Pas envie d'écrire son nom quelque part, au cas où.

JohnSmiss : Alors on l'appellera comment, si on en parle ?

LiliTigresse : Appelle-le » C ». Ça fera l'affaire.

La discussion s'arrête là. Rien d'autre pour nous aiguiller. Aly a décidément bien verrouillé toutes les issues. Comme si ça allait suffire, j'essaie de passer en revue tous les prénoms de notre entourage commençant par un C. Mais, évidemment, ça ne donnera rien.

Nous soupirons de concert, stupéfaits. Les révélations s'enchaînent et j'en ai le tournis.

— Ce sont les seuls éléments que nous avons trouvés sur cet individu... pour l'instant, reprend Cheveux-Gris en rangeant la feuille dans le dossier. Il nous paraît difficile de savoir de qui il s'agit dans le cas présent. Si vous avez une idée de qui pourrait être cette personne...

Il ne termine pas sa phrase, pas besoin. Nous ne savons pas qui c'est, et il en a parfaitement conscience.

— Nous avons également appris que vous disposiez d'une caméra de surveillance, repart-il en posant ses deux mains sur le bureau. Je ne crois pas l'avoir noté dans nos précédents entretiens... Il faut dire qu'elle est bien dissimulée, je ne l'ai aperçue à aucun moment...

Le bras de mon père, non loin du mien, bouge légèrement. Moi, j'ai l'impression de me liquéfier. C'est vrai, on n'en parle que maintenant, et pourtant j'aimerais qu'on change de sujet.

— Oui… c'est curieux de ne pas l'avoir mentionné plus tôt…

— Vous m'avez pourtant incité à visionner les vidéos du fast-food… de la gare également.

— Et alors ? demande lentement mon père en se redressant de toute sa hauteur.

Le flic prend quelques secondes pour nous fixer tour à tour.

— Ce sont vos vidéos de surveillance que j'aimerais visionner. Avant sa disparition, Allya a très bien pu recevoir quelqu'un lorsque vous étiez absents. Peut-être aussi que quelqu'un est venu la chercher cette nuit-là… Vous êtes avocat, je suis surpris que vous n'y ayez pas pensé…

— On aurait entendu quelque chose, rétorque ma mère.

— Pas forcément, laissé-je échapper. On dormait tous, cette nuit-là.

Le regard noir de mes parents m'effraierait presque.

— Nous aimerions regarder ça et en juger par nous-mêmes, précise Cheveux-Gris, inflexible.

— Bien sûr, nous allons vous transmettre toutes ces données, accepte mon père. Toutefois, sachez que nous les avons déjà visionnées et qu'elles ne montrent rien d'inhabituel. Vous perdez votre temps, ce n'est pas chez nous qu'il faut chercher.

La conversation qui se poursuit échappe à mon attention. Cette séquence vidéo, trouvée sur l'ordinateur, il y a deux jours, me revient de plein fouet. Ce jeune homme, entrant dans notre maison accompagné de mes parents, en pleine journée. J'ai suivi d'autres pistes, d'autres directions, mais… Et la réaction de ma mère, quand je croise son regard, me conforte dans l'idée que j'ai peut-être perdu un temps fou en laissant cette voie de côté. Elle détourne les yeux.

Chapitre Vingt-Trois

Rachel

9 AVRIL 2019, 15 H 20

AUJOURD'HUI, LE TEMPS EST SYMPA, IL FAIT BON ET LE vent est en vacances. Pourtant, vu l'ambiance dans la bagnole, on se croirait dans un congélo. Je triture une mèche de mes cheveux en écoutant le bruit du moteur et mes parents qui osent à peine respirer.

Papa a trouvé invraisemblable qu'on ne puisse pas retrouver un taré qui manipule des ados sur des forums, même si, avec son boulot, il le savait déjà. Maman s'est rfermée sur elle-même, comme souvent ces temps-ci.

Aly, où es-tu, bordel ? Qu'est-ce que tu as foutu ces derniers mois, sans rien laisser paraître ? N'importe quelle personne aurait pu te faire du mal...

Pendant qu'on roule vers les bureaux de mon père, j'envoie un texto à Alex :

« Salut. Juste pour te dire que le fameux JohnSmiss vient, en fait, de Caen. Je t'envoie l'adresse du restau dans lequel il allait pour envoyer tous ses messages. Il est introuvable. »

Puis un deuxième :

« Elle aurait une relation avec un autre gars. Sûrement celui de Snap. »

Voilà qui résume bien la situation. Mais on n'a toujours aucune idée du reste.

— Il faut que j'aille voir si tout va bien au bureau, se justifie mon père. Je plaide la semaine prochaine et... enfin, j'en ai pour cinq minutes.

Pendant qu'il sort de la voiture et rejoint le bâtiment d'un pas lourd, je lutte intérieurement pour ne pas penser à fumer une clope. Pas la peine de rajouter mon « addiction » aux tracas de ma mère...

— Ça va ? murmure justement celle-ci sans pour autant se tourner vers moi.

Je ne sais quoi répondre. À aucun moment depuis le matin où j'ai découvert le lit vide, je n'ai pensé à mon état moral.

— Je sais pas trop, je finis par dire.

— Moi non plus, je sais pas trop, soupire-t-elle en refaisant son chignon. Je me demande vraiment... ce que j'ai pu rater.

Je cherche mes mots.

— Tu... tu n'as rien raté. Ou alors, on a tous raté un truc. Ou peut-être... mais comment aurait-on pu prévoir qu'elle disparaîtrait...

— Comme ces gens victimes de tueurs en série, tu veux dire ?

— Oui, soufflé-je, sans y croire.

Pendant le silence qui suit, on entend un bus passer, puis deux.

— Elle m'a parlé il y a un mois ou un peu moins, reprend ma mère, presque à voix basse. Elle a voulu parler... de sexe.

Je sursaute, puis reprends ma position initiale, les mains posées bien à plat sur ma jupe en jersey.

— Je me suis dit qu'elle prévoyait peut-être d'aller plus loin avec quelqu'un. J'ai essayé d'être la plus compréhensive et la moins curieuse possible. Je vous ai toujours parlé de sexualité, mais j'ai l'impression que là elle voulait connaître des choses plus... précises, concrètes.

C'est dingue, ça. Aly est allée parler à ma mère, toute seule. Pourquoi ? Aller plus loin avec quelqu'un, peut-être, mais pourquoi pas, aussi, pour apprendre à déceler un comportement malsain, irrespectueux ?

La grosse voix égoïste dans mon esprit se remet en marche. Pourquoi n'est-elle pas venue m'en parler ? Ayant sauté le pas depuis plusieurs mois, j'aurais pu l'aiguiller, l'écouter... ou alors j'aurais à tout prix voulu savoir qui c'était, comment il était, comment elle était avec lui.

Je veux répondre à ma mère, je n'y arrive pas. C'est ça le truc, avec moi. Je ne suis pas douée pour m'exprimer. Et quand ma sœur le fait mieux que moi, je me fous de sa gueule.

Quand Maman pose sa main sur la mienne, contorsionnée sur le siège avant pour m'atteindre, je réalise que je tremble.

— Ça va aller, souffle-t-elle. Aly ne t'a pas abandonnée...

— J'ai fait... des erreurs... plein... articulé-je en essayant de retenir les larmes qui envahissent mes yeux.

— Tout le monde en fait. Elle ne te déteste pas. Tu verras, on va la retrouver... elle nous attend...

Elle pleure aussi, doucement. Et je me demande quel rôle elle a pu jouer dans cette histoire.

Quand mon père ouvre la portière, c'est comme si notre bulle hors du temps éclatait. Je m'essuie les yeux d'un geste rageur. Sans poser de questions, il démarre et quitte sa place de stationnement. Pendant quelques minutes, personne ne parle.

— Elle nous attend, répète-t-il d'un ton égal.

Il n'obtient pas de réponse. Il ne semble pas en espérer. J'ai tellement envie de le croire que mon cœur est serré à l'extrême.

La maison vide nous accueille froidement. Il y a tellement de choses à faire : le linge, la vaisselle, le courrier abandonné sur la table du salon. Mais c'est comme si la vie ne pouvait pas reprendre tant qu'on ne l'aura pas retrouvée. Mes parents sont déjà en train de discuter de leur prochaine sortie pour rechercher Aly, non loin d'ici. Je regagne ma chambre comme un automate.

Depuis que l'ordinateur a disparu, le bureau est quasiment vide. J'évite de regarder tous les murs, maintenant. Je ne veux pas voir son visage me sourire sur les photos qui y sont punaisées. À quoi bon ?

J'enfile un pull, la chambre est glaciale. Du moins, j'en ai l'impression. Puis je m'assieds sur mon lit pour consulter mon téléphone qui vient de vibrer.

« Bordel de merde, je pensais que le mec de Snap et celui du forum étaient la même personne... L'adresse est à dix minutes à pied de chez moi ! Le salopard ! On se voit quand pour en parler ? »

Je ne réponds rien à Alex, je n'en ai pas la force. Le nœud est bien plus resserré que ça...

Quelques minutes plus tard, je descends l'escalier. Le bureau de mes parents est ouvert et la chance me sourit, enfin. En m'approchant à pas de loup, je constate, dépitée, que ma mère est déjà dans la pièce. De dos, elle semble regarder vers la fenêtre sans vraiment voir ce qu'il y a dehors. Je ne lui signale pas ma présence, je n'ai plus envie de faire bonne figure, comme dans la voiture.

M'éloignant en silence, je regagne la cuisine. J'attrape une banane dans la corbeille de fruits, la balance dans la poubelle en me rendant compte qu'elle est pourrie... Les courses aussi attendent qu'on se bouge les fesses.

Debout contre l'évier, j'écoute le silence de la maison. Je ne sais même pas où est mon père. En revanche, à peine deux minutes plus tard, j'entends les talons de ma mère heurter le sol comme si chacun de ses pas était un effort surhumain. Elle se dirige vers le salon, passant devant la cuisine sans même m'apercevoir. Je lui en veux tout à coup d'être si mal en point. Elle se laisse complètement aller alors que je fais tout pour que les choses avancent. Pourquoi capitule-t-elle si vite ? Pourquoi ai-je dû persuader mes parents d'appeler la police, le premier jour? Pourquoi attendent-ils désespérément, sans se poser plus de questions? Peut-être connaissent-ils déjà la vérité?

Je traverse de nouveau le couloir, entre dans le bureau ouvert et tends l'oreille pour vérifier que le silence est bien total. Il l'est, assurément. Un étau se serre petit à petit autour de ma poitrine, qui tressaute quand j'aperçois le téléphone de ma mère, négligemment posé sur le rebord de la fenêtre. L'occasion est trop belle. Pourtant, je mets un temps infini à m'en emparer, comme une enfant qui va faire une grosse bêtise. Je suis certaine de n'avoir que peu de temps. Je mets direct le portable en silencieux, pour être sûre de ne pas donner l'alerte.

Je parcours les applications présentes sur l'écran d'accueil : du shopping, de l'info, du réseau social. Et enfin, je la vois, celle du logiciel de vidéosurveillance. Un jour, j'ai entendu mon père dire qu'il avait choisi ce système de sécurité justement parce qu'on pouvait y accéder de n'importe où, via l'application. Et alors que je pensais avoir balancé cette info aux oubliettes, elle m'est revenue, solide, me poussant dans le dos telle une main bienveillante.

L'interface de l'appli rappelle celle du logiciel sur PC. Je sais donc déjà où il faut cliquer pour atteindre les séquences par date. Et c'est cool, parce que je sais déjà quel jour je veux voir.

Je reviens à ce fameux jeudi 4 avril. Je fais défiler les séquences matinales où nous sortons à tour de rôle.

Un bruit me fait sursauter, je manque de laisser tomber le téléphone. M'apercevant que ce n'est qu'un avion qui passe, je me fustige mentalement et continue mon exploration. Revoir mes parents rentrer chez eux, en pleine journée, avec un inconnu me porte le même coup au cœur que la première fois. Pourquoi ce rendez-vous, pourquoi ce jour-là?

Cette fois, je n'interromps pas la vidéo, regarde l'heure passer de 15 h 32 à 15 h 44 : la séquence change. C'est alors que je la vois, marchant d'un pas rapide vers l'entrée de la maison. Ma sœur, son sac accroché à une épaule, sa veste en jean dans la main, rentre tout simplement à la maison. Soudain, je me rappelle que ce jour-là, elle a fini plus tôt. Un prof absent, comme ça arrive souvent. Un fait que j'avais oublié.

Je retiens mon souffle alors qu'Allya rentre chez nous. Dans le flot de mes émotions, je m'imagine qu'elle va surgir dans la maison, véritablement. Il faut que je me concentre, que j'analyse l'enchaînement des événements sous mes yeux. Parce que, déjà, la séquence change de nouveau : 15 h 53. L'homme, aperçu plus tôt, ressort. Seul. Tête baissée, je ne peux toujours pas voir précisément ses traits. Faisant un arrêt sur image, je ne peux toujours pas voir davantage que ses cheveux blonds plaqués au gel. Je fulmine.

Il s'éloigne, sort du champ. Avec stupeur, l'heure change de nouveau et c'est moi qui rentre à mon tour. Inconsciente de ce qui s'est joué en mon absence. Inconsciente de ce qui va se produire ensuite. Et d'ailleurs, que s'est-il passé ? Que se passe-t-il à présent ? Finalement, je ne le sais toujours pas.

D'un geste, je fais défiler en accéléré les jours suivants. Rien. Alors, je quitte l'application et me rabats sur les SMS de ma mère. Il y en a beaucoup ces derniers jours, de la famille, des amis, des collègues. Je remonte les conversations, cherche des prénoms masculins. Et finis par tomber sur un numéro non enregistré.

Il n'y a qu'un échange de messages. Le 4 avril. Ma mère a écrit : « Tout est prêt. » et l'inconnu a répondu « J'arrive. C. »

Chapitre Vingt-Quatre

Allya

Je sors de la salle de bains, Rachel me jette un regard scrutateur.

— Tu vas au lycée... comme ça ? demande-t-elle avec dédain.

— Tu me le demandes quasi tous les jours. Alors, comme d'habitude, je te réponds que oui.

J'enfile une veste, attrape mon sac pendant qu'elle se glisse sous la douche. Dans cinq minutes, elle voudra rire avec moi comme si de rien n'était. Et je rirai avec elle, en me disant que ce n'est pas si grave au fond. C'est vrai quoi, avoir une sœur qui critique tout ce qu'on porte, fait ou dit, ce n'est pas pire qu'être enfermée dans une cave à la merci d'un sadique.

Me trouvant idiote de penser à ces horreurs dès le matin, j'entre dans la cuisine pour me préparer un café fort. Le mois de janvier n'est pas fini et j'en ai déjà marre de l'hiver.

Alex me propose une de ses horribles cigarettes sitôt que j'arrive dans la cour du lycée. Je refuse en grinçant des dents. Rachel papillonne déjà d'amis en connaissances et ce festival des « Coucou, ma chérie, tu vas bien ? » me donne la nausée. Émilie et Savannah me saluent à peine, parce que quand Rachel n'est pas là, qu'est-ce qu'on pourrait se dire ?

Je passe mon chemin, me pose devant la classe de maths avec un livre. Je pourrais y rester des heures. Mais c'est évidemment impossible. Alors je déroule ma journée, comme un automate. Au déjeuner, je croise le mec qui m'a embrassée à la soirée du Nouvel An. Je jurerais avoir senti la pointe de sa langue entre ses lèvres, j'en frissonne encore de dégoût. Quand je l'ai raconté à Alex, il a failli s'étouffer de rire. Et je ne l'ai pas dit à Rachel, qui m'aurait demandé pourquoi je ne suis pas allée plus loin. Ça fait plusieurs fois que j'omets de lui parler de ce qui arrive dans ma vie. Et elle ne s'aperçoit de rien.

Quand j'entre dans le labo de physique, j'ai mal au cœur, comme chaque fois maintenant. Depuis la rentrée, je tente de me calmer, en vain. J'essaie d'aller parler à Cédric, en vain. M. Durand. Cédric. M. Durand, mon professeur de physique-chimie. Cédric, le mec que j'ai rejoint chez lui pour l'embrasser à pleine bouche.

Je souffle, exaspérée.

— Lisez bien les consignes de l'expérience avant de commencer. Et pas de cheveux au vent, s'il vous plaît, sinon je serai obligé de me servir de ça, finit-il en faisant claquer ses ciseaux, déclenchant un rire général.

Son regard passe sur moi une fraction de seconde. Rien ne transparaît et je n'ai même pas le temps de lui sourire. Je porte une main à mes cheveux et me rappelle qu'ils sont coiffés en chignon. Quelle idiote...

Alex agit et commence l'expérience et je le regarde faire, pensive.

— Alors, prête pour ton marathon ? me chuchote-t-il à cinq minutes de la fin du cours.

— Ce n'est pas un...

— Ouiii... ce n'est pas un marathon. Tu vas me reprendre à chaque fois ?

Je souris. Il sait pertinemment que je ne veux pas courir autrement que par plaisir. Des compétitions de temps en temps, mais jamais trop.

— Ouais, j'ai hâte, me contenté-je de répondre alors qu'on range nos affaires. Je dois juste voir le prof avant, ajouté-je sans réfléchir.

— Ah bon ? Pourquoi, tu sens naître en toi une flamme pour la physique ? Pourtant, je viens de faire l'expérience à ta place ! me nargue-t-il, un sourire narquois au coin des lèvres.

— Tais-toi. Je veux simplement vérifier un truc au niveau de la notation au bac.

— Éclate-toi, m'envoie-t-il en faisant mine de partir en courant.

Il passe la porte, suivi par les autres. Alors que mon cœur va exploser, je me retrouve seule dans la classe, avec lui.

Je m'avance vers le bureau, les jambes en coton. Il est en train de ranger ses affaires, les yeux baissés.

— Je l'ai lu, soufflé-je, le faisant sursauter.

- Allya ! Je ne t'avais pas vue, s'écrie-t-il en me remarquant, plantée devant lui les mains sur les hanches.

— Le livre, je l'ai lu, répété-je en plongeant mon regard dans ses yeux pleins de charme. J'ai pensé... qu'on pourrait en parler ?

— Euh... maintenant ?

Mes mains sont moites.

— Oh, maintenant ou plus tard, ce n'est pas important, m'empressé-je de répondre.

Il pose son sac et me regarde, vraiment.

— Écoute, Allya... l'autre jour, ce café...

— Mojito, lui rappelé-je en souriant.

— Oui, ce mojito, sourit-il à son tour. Et puis, ce moment chez moi...

Il jette un coup d'œil frénétique vers la porte.

— Eh bien, c'était très bien... vraiment. Mais je pense qu'on ne devrait pas... en prendre l'habitude.

Ma main vole vers mon chignon, puis je tripote mes boucles d'oreille minuscules. Je ne vais pas tarder à rougir.

— Je suis ton prof, Allya, dit-il sur un ton plus bas. Rien qu'en ce moment, on transgresse une règle en parlant seuls tous les deux dans une classe, la porte à demi fermée.

Tout à coup, je repense au fantasme que Rachel avait eu, l'année dernière, avec son prof de français. Se retrouver seuls dans sa classe et qu'il la prenne sur son bureau, sans fioritures. Je souris.

Il fixe son cartable, je fixe le tableau derrière lui.

— À l'extérieur, on pourrait peut-être...

— Ça reste risqué. C'est tellement... impossible, souffle-t-il.

Il lève les yeux, moi aussi. Les papillons dans le ventre, je croyais que c'était une légende.

— On va se priver l'un de l'autre parce que tu fais ce métier pourri ? demandé-je en triturant les boutons de mon manteau.

— Ce n'est pas un métier pourri, c'est la course à pied qui est nulle, rétorque-t-il en souriant.

Nos visages sont proches, nos souffles se croisent. Pourtant, il ne contourne pas son bureau pour m'embrasser comme dans les films.

Je passe ma langue sur mes lèvres, sans réfléchir. Ou peut-être qu'au contraire, j'ai déjà réfléchi à ce que je voulais. Il se détourne précipitamment, reprend son sac et ne me regarde plus.

— Allya, tu es sûrement la plus intelligente de mes élèves, même si tu n'excelles pas en physique. Alors tu comprends la situation aussi bien que moi.

Pourquoi ça me fait autant mal ? C'est vrai quoi, un mojito et un baiser, Rachel fait ça tous les samedis... Mais c'est la première fois que je ressens ça. La première fois que je peux parler aussi librement avec quelqu'un, être entendue et comprise. Sans le connaître vraiment, j'ai l'impression que notre désir est réciproque. Ou alors, pense-t-il que je suis une ado écervelée ? Il m'a dit à l'instant que je suis intelligente, mais sur ce coup-là, il faut admettre que je ne comprends rien.

— Allya, murmure-t-il et mon prénom sonne encore comme une mélodie entre ses lèvres. Il faut être prudents. Très prudents.

— Je le serai, je promets aussitôt, plus calmement que je le pensais.

Il soupire longuement, sa main s'envole vers ma joue qu'il effleure avant de la retirer rapidement.

— Allez, me dit-il doucement. Va courir...

Chapitre Vingt-Cinq

Rachel

9 avril 2019, 16 h 35

Je ne sais même pas pourquoi je suis là. J'ai pris le bus, me suis arrêtée au bon endroit, ai marché jusqu'ici comme un robot. Au fond de moi, je connais la raison de mon besoin de venir. Mais qu'est-ce que ça va changer, au juste ?

Au niveau du portail d'entrée, j'aperçois un interphone. C'est la deuxième fois que je m'aventure ici et, la première, je n'avais pas eu besoin de sonner. Ce coup-ci, il faudra bien que j'appuie sur le bouton.

En expirant bruyamment, mon doigt presse le petit rond métallique, j'ai osé franchir cette étape.

Lorsqu'il s'avance vers moi en ouvrant de grands yeux, je retiens mon souffle. Alex est sûrement surpris de me voir ici. La dernière fois, j'étais juste venue rendre quelque chose à Allya, je ne me rappelle même plus de quoi, avant de me sauver pour rejoindre d'autres personnes. Aujourd'hui, je viens le voir, lui.

— Tout va bien ? demande-t-il, affolé en me faisant signe de le suivre par le portail à présent grand ouvert.

J'acquiesce de la tête, alors que c'est complètement faux.

— Dis-moi tout, Rachel. Tu as vraiment l'air bizarre.

Nous traversons son entrée, passons devant la cuisine où j'aperçois de la vaisselle dans l'évier. Son salon nous accueille maintenant et je me laisse aussitôt tomber dans un fauteuil, les jambes flageolantes.

Alors qu'il me fixe toujours, les yeux débordant de questions, d'une voix atone, je lui raconte tout : ma première intrusion dans le logiciel de surveillance de mes parents, mon retour en arrière, puis mes soupçons au commissariat, mon second visionnage des vidéos et enfin ce SMS...

— Wouah... c'est quoi, ce bordel ?

Il se prend la tête dans les mains, j'évite de faire de même au risque de perdre le contrôle.

— Et... après ? Tu es partie comme ça ?

Vient la phase la plus dure du récit. Celle où je dois lui expliquer que j'ai rejoint ma mère dans le salon, les jambes lourdes et la tête bourdonnante. Que je me suis postée devant elle, le téléphone en évidence en lui montrant la vidéo de cet homme que je n'arrive pas à identifier. Je n'ai pas prononcé un mot, incapable d'ouvrir la bouche alors que je brûlais de questions cinglantes à l'intérieur.

— Elle n'a fait que bafouiller, je conclus en retrouvant peu à peu un ton normal. Je n'ai rien compris. Puis elle s'est levée et m'a arraché le portable des mains. Et elle s'est enfermée dans sa chambre. À clé, ajouté-je.

Un silence oppressant nous envahit et mon esprit devient comme inapte à la réflexion, comme englué dans une vase immonde.

Puis Alex tend la main vers moi, doucement. J'y dépose la mienne, sans le regarder.

— Tu penses... tu as des doutes sur... tes parents ? murmure-t-il.

Je ne sais pas comment répondre à cette question horrible. Limite, je ne la comprends pas.

— On va... continuer à chercher. On a... plusieurs pistes maintenant...

— Ou toutes se rejoignent, suggéré-je.

— Peut-être... mais on n'en a aucune preuve.

Je ferme les yeux, à bout de forces. Et ses bras m'entourent aussitôt. Je sens son torse, ses mains dans mon dos, son souffle sur mon cou. C'est étrange. C'est sympa.

Après quelques minutes, j'ai enfin la force de relever la tête pour le fixer. Je sens toujours ses mains sur moi et ça me perturbe énormément.

Ses lèvres effleurent la commissure des miennes puis il recule. En une seconde, c'est déjà terminé alors que mon corps tout entier supplie pour que ça continue. Je dois me ressaisir.

— Qu'est-ce que tu vas faire maintenant ? m'interroge-t-il en se raclant la gorge.

Le moment est bel et bien passé.

— Je n'en sais rien... je ne me vois pas retourner chez mes parents... pour faire comme si de rien n'était.

— Je suis d'accord avec toi... Écoute, je devrais te proposer de rester ici, mais ma mère rentre ce soir après trois semaines de boulot de malade, et je ne suis pas sûre qu'avoir une invitée...

— Pas de problèmes, le coupé-je. Je vais trouver une solution.

Je me tourne vers le couloir, m'approche de l'entrée.

— Tu... tu ne m'en veux pas ?

— Bien sûr que non ! Tu veux être seul pour lui faire des câlins, je comprends !

— Arrête ça, m'intime-t-il, un léger sourire sur les lèvres.

J'arrête ça. J'ouvre la porte, une bouffée d'air frais me donne un coup de fouet.

— Tiens-moi au courant. Je continue de t'aider, assure Alex, la main sur mon épaule.

Je me tourne vers lui, une dernière fois.

— Ça marche.

C'est tout ce que je parviens à dire. Mais nous n'avons pas besoin de mots.

Chapitre Vingt-Six

Rachel

9 AVRIL 2019, 18 H 10

JE POSE MON SAC À MES PIEDS, ME TORDS LES MAINS. JE fixe ma robe portefeuille, mes bottines à talons et constate, avec horreur, qu'il y a un peu de boue dessus. J'ai marché dans l'herbe, il y a un quart d'heure, quand j'ai couru pour attraper le bus. Décidément, tout fout le camp.

— Rachel, viens vite !

Savannah saisit mon sac, ma main, m'entraîne dans son immeuble propret, dans son appartement spacieux. Ça sent un mélange des clopes mentholées que fume son père et du parfum Chanel de sa mère.

— Assieds-toi là, chuchote-t-elle en me désignant le canapé du salon.

Elle s'installe à côté de moi, me prend naturellement dans ses bras. Ça me chamboule. Ça n'a rien à voir avec l'étreinte partagée avec Alex tout à l'heure. Cette pensée aurait pu me faire sourire.

Elle me relâche, au bout de quelques minutes. Ne pose aucune question, même si ses yeux en débordent. Quand je lui ai envoyé un message pour lui demander si je pouvais passer, elle a tout de suite accepté. Et ça ne m'a pas rassérénée pour autant.

— Je... je... tenté-je sans y parvenir.

— T'inquiète. Je sais que ça doit être difficile. D'ailleurs, j'aurais dû t'appeler plus souvent...

« Non », murmuré-je dans ma tête. Pas besoin de m'appeler, de me réconforter. Je me débrouille.

— Compliqué... avec mes parents.

— Comme d'hab, non ? sourit-elle légèrement.

J'essaie d'étirer les lèvres, ça doit ressembler à une grimace.

— Un cran au-dessus, quand même, précisé-je en lissant ma robe sur mes cuisses.

Elle hoche la tête :

— J'ai demandé à ma mère. Tu peux rester ici tant que tu veux.

Savannah, la gentille petite fille unique qui fait des randonnées avec ses parents le dimanche. Pourtant, aucune remarque sarcastique ne sort de ma bouche. Je dois avoir un grave problème.

Elle me parle ensuite d'Émilie et de son mec ringard, de ses cousins ennuyeux à mourir qu'elle a vus pendant la semaine. J'essaie de me concentrer sur la discussion, j'y arrive à peu près.

Ses parents finissent par rentrer, on engloutit des parts de quiche au fromage et je ne sais pas si je vais bien ou non.

J'imagine que la mère de Savannah ne m'a jamais vraiment appréciée. C'est quand même moi qui ai montré à sa fille comment boire de la tequila. Mais il faut croire qu'avoir une sœur disparue change toute la donne, parce qu'elle me couve d'attentions.

— Tu as... prévenu tes parents ? me questionne le père de Savannah.

Je prends une cuiller de yaourt aux fruits et mens effrontément :

— Oui. Ils sont d'accord.

Mes parents ne me passent aucun coup de fil, je ne leur fais pas signe non plus. Bien sûr qu'ils ne savent pas où je suis. Et, alors que je suis allongée sur le lit de Savannah, que j'entends sa respiration profonde venir du matelas qu'elle a posé au sol, je me demande ce qu'ils ont bien pu faire à ma sœur.

Chapitre Vingt-Sept

Rachel

10 AVRIL 2019, 8 H 50

ICI, LE CAFÉ EST HYPER FORT, ET ÇA FAIT DU BIEN. Savannah m'a à peine tendu sa tasse du mont Saint-Michel que j'en ai déjà bu la moitié.

Personne ne me demande si j'ai bien dormi. Mon visage doit clairement montrer que non.

Les parents de mon amie nous souhaitent une bonne journée, quittent l'appartement, les clés de voiture à la main. Ici aussi, on est très actifs. Sauf que ces gens-là partagent une passion avec leur fille, prennent le temps de lui faire son plat préféré et connaissent toutes ses fréquentations. À choisir... je ne sais pas.

— Tu veux manger un truc?

Je décline en tentant à nouveau de sourire. J'ai une paralysie faciale ou quoi?

Alex m'a envoyé deux messages. Il veut savoir où je suis, comment je vais. Je lui réponds distraitement, en me demandant comment je vais.

Il est déjà 9 heures. Et je me dois de ne pas perdre cette journée.

Je ne sais pas où est Allya depuis bien trop longtemps. Et mes parents ont des réponses que je n'ai pas. Ma mère était trop gênée quand je lui ai montré la vidéo pour dire qu'elle ne sait rien.

Qui est cet homme ? Pourquoi ont-ils reçu un mec chez nous, ni vu ni connu ? De quoi ma sœur a-t-elle pu être témoin ?

Je me demande si je suis obligée de donner cette vidéo à ce cher Cheveux-Gris. Ou à cette brave Accusatrice. Peut-être ont-ils des outils pour identifier ce type. Peut-être aussi qu'ils me diront que je suis folle et que je sors ça pour cacher ma propre implication. Depuis le départ, c'est moi la méchante, la plupart du temps. Pourquoi ça changerait aujourd'hui ? Et le comble, c'est que mes parents n'ont jamais pris ma défense.

Dans un sursaut, je me demande si sous-entendre que j'ai quelque chose à voir là-dedans les arrange. Les éloigne de tout soupçon... Putain de famille de merde.

— Journée-shopping ? chantonne Savannah en sortant de la douche, ses longs cheveux noirs dégoulinant sur le tapis de sa chambre.

— Je vais plutôt rentrer chez moi.

Ça m'est venu à l'instant. Il faut que je rentre.

— Ah bon ? dit-elle en faisant la moue.

Cette fois, je parviens à lui envoyer un léger sourire.

— Je dois... parler à mon père.

Elle fredonne la chanson de Céline Dion et mes muscles se détendent un petit peu.

— Oui voilà, je renchéris en remplissant mon sac. C'est... important. C'est même essentiel. Parce que si ma mère n'a pas voulu répondre à mes questions, je ne me suis jamais vraiment dressée contre mon père pour exiger une explication.

— Fais au mieux, m'encourage ma copine en me prêtant son parfum.

J'en ai bien l'intention.

Chapitre Vingt-Huit

Rachel

10 AVRIL 2019, 10 H 35

QUAND JE PÉNÈTRE DANS MA MAISON, LE SOUPÇON DE bien-être éprouvé chez Alex puis chez Savannah s'évanouit comme une bulle de savon qui éclate. L'ambiance est lugubre, à se jeter contre les murs. Et évidemment, il n'y a personne.

Je parcours les pièces pleines de traces de ma sœur, vides de mes parents. En voyant l'absence de voiture garée devant, je me doutais bien que je serais seule. Ils sont partis bosser comme si de rien n'était ? Ou en cavale, parce qu'on ne va pas tarder à découvrir la vérité ? Je me prends la tête dans les mains, me colle contre la baie vitrée froide du salon. Que faire, maintenant ? Attendre sagement qu'ils rentrent ? Courir chez les flics ? Dans leurs rêves. Il faut que je trouve... je ne sais quoi, mais je dois trouver.

Ma chambre sent le parfum. Le mien d'abord, mais en respirant profondément, j'ai l'impression que celui d'Aly, plus léger, est bel et bien présent. Dans un espoir fou, je regarde son lit. Le voir encore et toujours vide me déchire intérieurement. Mais il ne faut pas lâcher.

Sans conviction, je ferme tous les tiroirs que j'ai laissés ouverts, le dressing dans lequel j'ai fouillé. Quand Aly va revenir, elle me fera sûrement une remarque pourrie sur l'état de la chambre, j'en rirais déjà si je pouvais...

Alex me demande par SMS si j'ai trouvé quelque chose. Je n'écris rien en retour, je n'en ai pas la force. Je préfère continuer mon pseudo-rangement en offrant à mon esprit un minimum de repos.

Alors que j'essaie de pousser la chaise sous le bureau, je me demande pourquoi elle bloque. Énervée, je donne un coup de pied dedans et me penche quand même pour regarder par terre. À la vue d'une pile de livres, je tombe à genoux pour m'en rapprocher. Aly range toujours ses bouquins. Qu'est-ce que c'est que ça, encore ?

Manuel de maths, de français, de physique... sa trousse. Le contenu du sac de cours d'Aly est posé devant moi.

Me levant prestement, je fais une inspection rapide de ses affaires. Comment on a pu passer à côté de ce détail ? Le cartable d'Aly n'est pas là ! J'ouvre notre dressing de nouveau, regarde sous les deux lits, pour en revenir à la même conclusion. Aly a fait son sac pour partir. Elle a mis ses affaires sous le bureau vite fait et les a remplacées par d'autres. Ma conviction du début, qu'elle soit partie de son plein gré, se confirme à l'instant.

Mais partie faire quoi, bordel ? Prendre l'air, voir le mec de Snap, se barrer à l'étranger ? Oublier ce qu'elle a pu voir, en rentrant ce fameux après-midi ?

Après avoir fait deux ou trois tours dans la pièce, je m'assieds de nouveau au sol. L'explication est forcément ici... peut-être.

Je feuillette un livre scolaire, puis deux. J'ouvre la trousse et fouille dedans. Tout y est, les crayons, la colle, les ciseaux.

Je remarque alors un paquet, tout en dessous de la pile. Plutôt un livre emballé dans un papier froissé. On dirait qu'il a été mani-pulé plein de fois. Et quand je vois la couverture, mes mains se remettent à trembler. Dans un flash, je me revois dans le bureau de ce flic en train de lire les échanges de ma sœur avec ce JohnSmiss : « Oh oui, il était super ! Tu me manques, de Harlan Coben. »

C'est ce livre. Offert par je ne sais quel pervers...

Je le feuillette rapidement, trop peut-être, et ne vois rien qui pourrait retenir mon attention. Il ressemble à un livre comme tous les autres, qu'Aly entasse sur son étagère. J'essaie de lire la quatrième de couverture, mais les mots dansent devant mes yeux. Aucun sens... alors je reviens au début, la toute première page. Et l'inscription griffonnée sur le marque-page me saute aux yeux. Ce n'est pas la fine écriture de ma sœur.

« Je crois que celui-là, tu ne l'as pas. Pense bien au titre et passe un bon moment. C. »

Je fixe la phrase, éberluée. C. C. C...

Alors, ce mec, ce serait celui de Snapchat ? Et Aly tiendrait à lui au point de laisser un livre dans son papier d'emballage ? Ma sœur, une midinette ? Mais « C. », c'est aussi... cette signature sur le SMS envoyé à ma mère. « J'arrive. C. »

Je remets le livre en place. Lisse le papier sur la couverture. Et, naturellement, je tombe sur l'adresse. Mes yeux lisent, mon cerveau imprime, mes doigts l'écrivent dans Google. C'est pas loin, mais je n'y suis jamais allée. Pour l'instant.

Chapitre Vingt-Neuf

Allya

MÊME EN MARS, LE FROID EST TOUJOURS LÀ ET IL transperce ma peau. J'ai oublié mon gilet sur la rampe d'escalier ce matin. J'oublie tout, ces temps-ci. Mon manuel de maths, ma carte de self, et même, une fois, mes écouteurs pour courir en musique...

Le bus arrivera dans trois minutes, j'ai l'impression que ça va durer une éternité.

Je sors mon téléphone, mais je n'ai aucune notification. J'en conclus que tout va bien. En même temps, c'est logique. À cette heure-ci, je devrais courir et tout le monde sait qu'il ne faut pas me déranger.

Dans le bus, j'essaie d'apercevoir mon reflet dans la vitre, sans grand succès. J'hésite à me prendre en photo avec mon portable, mais ce serait trop.

Je souris en pensant à Rachel. Elle serait ravie de constater que, pour une fois, je vérifie mon apparence au millimètre. Mais elle ne le saura pas. Elle ne peut pas le savoir.

Je me demande ce que je lui dirai, ce soir. Quand ce sera à mon tour de lui raconter ma journée, est-ce que j'inventerai une performance en course à pied ? Il faudra bien. Que dire d'autre ? Que j'ai loupé la course pour aller retrouver un prof chez lui ?

Elle deviendrait complètement folle. Voudrait savoir le pourquoi du comment, coûte que coûte. Et après... je ne sais pas. Peut-être irait-elle jusqu'à avertir nos parents ? Non, pas ça. Elle se moquerait plutôt de moi, me dirait que le lycée est déjà plein de mecs et que je suis allée chercher quelqu'un que je n'aurais même pas dû regarder.

Ridicule, ouais. Sauf que, contrairement à ce qu'on voudrait nous faire croire, ça ne se commande pas.

Son immeuble m'est familier, comme si j'y étais venue à plusieurs reprises. Je sonne à l'interphone et il m'ouvre, sans parler. Tant mieux, j'ai besoin de quelques secondes encore pour paraître naturelle.

Lorsqu'il entrebâille la porte, il me fait signe d'entrer rapidement. Je ne m'attendais pas vraiment à autre chose, mais ça pique quand même.

— Désolé. Mais si on te voit entrer...

— Je sais, le coupé-je en serrant mon sac contre moi.

Ce sac, je l'adore. Il peut contenir plein de trucs en plus de mes affaires de cours. Et en ce moment même, dans la petite poche intérieure, j'ai fourré la nuisette que j'ai achetée la dernière fois, pour relever ce défi débile. Juste au cas où.

— Assieds-toi, me propose Cédric, presque timidement.

J'imagine qu'à présent, l'appeler M. Durand paraîtrait hyper étrange. Je retire ma veste et il la prend aussitôt.

Je prends place sur le canapé noir et pose mon sac à côté de moi. Et maintenant ? On a conclu de se retrouver ici, pour discuter, se voir, être près l'un de l'autre. Mais il va se passer quoi, exactement ?

Il s'installe dans un fauteuil, face à moi. Trop loin, à mon goût.

— Ça fait du bien de... se parler de vive voix.

— Oui, acquiescé-je en prenant une bouteille d'eau qu'il me tend.

Je la tiens entre mes mains, ne la bois pas. Je le regarde, lui. Il porte une chemise bien repassée et un pantalon noir. Est-ce qu'il fait son repassage lui-même?

— Je n'ai pas eu le temps d'acheter autre chose... Et je ne vais quand même pas te proposer une bière, sourit-il.

— Ce ne serait pas le pire dans cette histoire, fais-je remarquer avec un petit rire gêné.

— Non, en effet, le pire c'est de te voir tous les jours et de devoir faire comme si de rien n'était.

Je frémis.

— C'est la même chose pour moi.

— Si j'étais un mec lambda et toi...

— Les si, ça ne sert à rien. Nous sommes ici et maintenant. Et... Je pose ma bouteille et mon sac.

— Essayons d'en profiter, chuchoté-je tandis qu'il vient se glisser près de moi.

Sa chaleur m'atteint déjà alors qu'on ne se touche même pas. Je voudrais plonger mon regard dans le sien, prendre les devants, mais tout à coup mon cœur bat trop vite, mon esprit déraille.

Sa main effleure la mienne.

— Tu te rends compte qu'à cause de toi, j'ai un compte Snapchat?

Il tente de ramener la conversation à un stade naturel, jovial et platonique. Mais sa voix est bien plus suave qu'il y a deux minutes.

— C'est à cause de toi que j'en ai un, acquiescé-je en caressant sa main à mon tour.

Je me tourne enfin vers lui, en émoi.

Et on recommence à s'embrasser comme si, depuis ce soir de décembre, nos bouches se souvenaient l'une de l'autre. C'est encore différent de la dernière fois. C'est peut-être «ça» qu'on appelle passionné.

Sa bouche part, quitte la mienne pour s'aventurer sur ma joue, à la naissance de mon cou, sur le lobe de mon oreille. Mon souffle se fait court et je sens le sien faire de même.

Quand ses mains quittent mes épaules pour effleurer ma poitrine, je ne réagis pas. Qu'est-ce que je dois faire, maintenant? Me lever, retirer ma robe, mon soutien-gorge? Me mettre à nu devant lui, alors qu'on se connaît si peu? Celle qui a glissé la nuisette dans son cartable ce matin en se disant que c'était excitant est aux abonnés absents.

— Tu me rends fou, Allya, murmure-t-il à mon oreille et mon nom sonne une nouvelle fois dans sa bouche comme une mélodie.

Une chaleur intense s'empare de moi. Pourtant, je ne réagis toujours pas.

Il embrasse mon cou, explore mes épaules et le décolleté que j'ai choisi se prête tout naturellement à ce qu'il atterrisse à la naissance de mes seins. Maintenant, je devrais enlever cette robe. Ou c'est lui qui va me l'enlever? Je ne sais plus ce que j'ai déjà vu faire dans les séries que j'ai regardées.

Et puis tout s'arrête, comme un réveil brutal après un rêve hyper réaliste. Je rouvre les yeux que j'avais fermés sans m'en rendre compte. Je retire ma main qui enserrait le bras de Cédric, je m'éloigne de lui, et reste assise, médusée.

— Je... putain, je suis désolé. Je pensais... enfin, je ne sais pas à quoi je pensais... balbutie-t-il.

Je ne dis rien, continuant de le fixer. Je ne sais pas à quoi je pensais, moi non plus.

— Allya, je...

Il fait quelques pas dans son petit salon.

— Il vaudrait mieux que...

Il ramasse la bouteille d'eau, pose mon sac à mes côtés.

Je rajuste ma robe, ne sachant quoi faire d'autre.

— C'était... une mauvaise idée. On ne peut pas.

J'ouvre enfin la bouche :

— Qu'est-ce que tu dis ?

Il se tourne vers moi, me regarde en face.

— Je dis que tu dois rentrer chez toi.

Il me tend ma veste qu'il avait posée sur une chaise et je la prends, perdue.

— Mais... je ne voulais pas...

— Tu es trop jeune. Je suis ton enseignant... enfin, merde, c'est impossible.

Le voilà reparti, avec son « impossible ».

— Non, soufflé-je en enfilant quand même ma veste.

— Si, affirme-t-il. Rentre avant que quelqu'un se demande où tu es... Et merci de m'avoir arrêté.

— Mais ce n'est pas ce que je voulais ! m'écrié-je finalement en me levant à mon tour.

— C'est ce que je dis. Tu es trop jeune...

— Ne me traite pas de gamine ! fulminé-je en hissant mon sac sur mes épaules. J'avais envie, mais...

— Si tu n'es pas une gamine, alors tu es une allumeuse, à toi de choisir, assène-t-il en ouvrant la porte d'entrée.

Clouée sur place pendant quelques secondes, je finis pourtant par passer devant lui. Laquelle je préfère être ? Une gamine qui ne sait pas ce qu'elle veut ou une allumeuse qui joue avec l'autre ? Pourquoi ça doit se passer comme ça ?

Je m'avance dans le hall de l'immeuble sans un regard en arrière. Alors que j'appuie sur le bouton d'ouverture de la porte extérieure, une larme perle au coin de mon œil.

— Rentre bien, Allya.

Elle glisse sur ma joue.

Chapitre Trente

Rachel

CE SOIR, IL FAIT FROID. OU ALORS, C'EST MON CORPS QUI est glacé. De peur, de peine, je n'en sais rien. De détermination, peut-être. Je vais sauver Allya des griffes de ce taré, je le sais. Ou alors, je plongerai avec elle dans ce cauchemar. Mais il est hors de question que notre séparation dure plus longtemps.

Je regarde derrière moi tandis que je remonte la rue. Personne ne te suit, ma vieille, tu n'es pas dans un thriller ! J'expire un bon coup et continue ma marche.

Mentalement, j'énumère ce que j'ai sur moi. Téléphone allumé et chargé. Bombe lacrymo, comme le bon vieux rituel de papa « au cas où ». Et j'ai l'impression qu'on y est, au cas où. Mes clés aussi : est-ce qu'elles pourraient servir d'arme, sur un malentendu ? Il faudra y penser.

Je me poste en face de l'immeuble, de l'autre côté de la rue. Je vais attendre que quelqu'un entre ou sorte. Pas question de me signaler à l'interphone ni de traîner trop près des fenêtres. D'ailleurs, je ne sais même pas qui je vais affronter.

Dans un coin de ma tête, un raisonnement logique essaie de se faire une place. On ne séquestre pas une fille dans un appartement, si ? Il l'a transférée ailleurs ? Ou alors... il en a déjà fini avec elle ?

Je serre mon portable dans ma main. D'abord, pour empêcher cette dernière de trembler. Ensuite, parce que je sais que c'est ça qui me sauvera. Avec, on pourra me localiser, enfin je l'espère, parce que je ne sais pas trop comment ça marche...

Et s'il fallait activer un truc au préalable ? J'essaie de passer mes réglages en revue, mais le mode automatique dans lequel je suis depuis trop longtemps m'empêche de comprendre quoi que ce soit.

Quand j'entends la tonalité, je soupire de soulagement. Lui, il saura quoi faire, comme toujours depuis le début de ce merdier.

— Allô...

— Alex, c'est Rachel, entamé-je sans le laisser parler. Écoute, je suis au 110, rue de la Libération. Si je ne te rappelle pas dans deux heures, tu viens me chercher ?

— Mais... qu'est-ce que tu fais là-bas ?

— Je n'ai pas le temps de t'expliquer, m'écrié-je en voyant la porte de l'immeuble s'ouvrir.

Manquant de me faire percuter en traversant la rue hors des clous, j'atterris indemne sur le trottoir d'en face.

— Deux heures, rappelé-je avant de couper la communication.

Chance rare, la dame qui sort de l'immeuble a une poussette et cela me permet de passer en même temps qu'elle.

Une fois dans le hall, je tourne sur moi-même. Et maintenant ?

Les boîtes aux lettres me semblent un bon début. Relever tous les prénoms masculins commençant par un C. Frapper chez chacun et recommencer le même interrogatoire ? Et si l'un d'eux prévient les flics pendant que je sonne chez le suivant ? Risqué, même si les soupçons contre moi tendent à disparaître.

Il faut que je fasse des choix stratégiques. Sur des critères que je ne connais pas. C'est vrai, ça peut être n'importe qui en mesure de lire des polars et d'utiliser un minimum Snapchat. Si ça se trouve, il s'est même inventé une culture littéraire...

Il y a un nom là, au rez-de-chaussée qui pourrait me convenir. Il m'est vaguement familier, mais je déraille sûrement. De toute façon, je me souviens rarement du nom des gens. Aly me dit souvent que c'est mon égoïsme qui prend le dessus. Et elle n'a pas tout à fait tort.

Je me dirige à pas lents vers la porte de son appartement. Je ne sais toujours pas ce que je vais dire ou faire. Essayer de le neutraliser pour fouiller chez lui ?

Je frappe. Indécise encore, mais il faut bien y aller, pour Aly, pour tout ce que je n'ai pas su lui dire, pour toutes les remarques acerbes que je n'ai pas su lui taire.

Quand il ouvre, je hoquette de surprise. Je ne sais pas à quoi je m'attendais : un vieux bedonnant et pissant la sueur au regard lubrique ? Si la situation n'était pas aussi grave, j'aurais envie de rire et de prendre un selfie avec ce mec qui me semble au final si familier.

Un prof. Notre prof de physique, celui dont Émilie et Savannah ont pas mal parlé au début de l'année. Je ne l'ai jamais vraiment regardé, jamais vraiment calculé. Mais manifestement, Aly n'a pas pris le même chemin. Comment a-t-elle pu passer de la gentille fille sans histoires à une ado qui fréquente un de ses profs en secret ? Qu'est-ce qu'il a pu lui raconter, lui promettre ? Qu'est-ce qu'elle a pu ressentir, se permettre ?

Il me suffirait de poser la question, d'un ton calme et poli. Peut-être que j'obtiendrais des réponses comme ça, sans effort. Au lieu de ça, je dégaine la bombe lacrymo et le regarde se plier en deux, les mains plaquées sur son visage.

Je passe rapidement près de lui, découvre un salon-cuisine vide, ouvre toutes les portes que j'aperçois, soit deux au total. Comment pourrait-il la cacher ici sans que je la voie ? Sa chambre est une petite pièce. J'ouvre rapidement l'armoire, jette un œil sous le lit. Qu'est-ce que je m'attends à trouver, au juste? Sa salle de bains, c'est pareil, aucune cachette possible, et à mesure que mon exploration touche à sa fin, la panique me gagne. Pitié, je veux encore de l'adrénaline! Parce qu'il y a quand même un mec plus grand et costaud que moi qui se remet progressivement de mon attaque lacrymogène...

Je refais au plus vite le tour des lieux, cette fois à la recherche de petits objets, comme le téléphone de ma sœur ou tout autre accessoire qui lui appartient. Il a caché Aly... autre part, c'est la seule explication.

Revenue dans la pièce à vivre, ne sachant plus où aller, je regarde partout sauf dans l'entrée. J'essaie d'imaginer Allya ici avec ce type. Quand trouvait-elle le temps de venir? Quel mensonge me servait-elle pour m'endormir? S'est-elle sentie bien, au départ? Toutes ces questions m'empoisonnent l'esprit et je dois tout faire pour pouvoir les lui poser de vive voix.

Quand j'ose enfin regarder dans sa direction, ses yeux braqués sur moi me font sursauter. Il est assis au sol, n'esquisse pas un geste pour se relever. Son regard est encore larmoyant; pour une première, je me suis bien débrouillée avec la bombe. Papa sera content d'apprendre ça.

Le regardant avec dédain, je relève toutefois que, malgré toutes les craintes que j'avais, Aly a bon goût en matière de mecs. Je n'avais pas remarqué qu'il était pas mal, après toutes ces heures passées face à lui, bon, sans vraiment le regarder, il est vrai. Après ma dernière fixation sur le prof de français, il fallait que je me calme. Pourtant, je dois bien le reconnaître, il a du sex-appeal. Sale manipulateur.

— Où est-elle?

J'ai fini par le demander, parce que je ne trouvais que ça à faire. Après tout, je suis coincée dans l'appartement, lui dans l'entrée. Si je dois finir ici, autant que je sache la vérité.

— Elle n'est pas ici, souffle-t-il.

Sa voix aussi est classe, c'est vrai. Je me demande s'il a déclamé des poèmes à Aly ou s'il lui a lu des passages entiers de bouquins passionnants. Comment fait-on pour attirer quelqu'un d'autant intelligent que ma sœur dans un piège ?

Mon pouls s'accélère quand il attrape la porte d'entrée pour la claquer. Première étape. La seconde sera de me plaquer au sol pour m'étrangler.

Je pourrais mettre ma main dans ma poche, essayer d'appeler Alex à l'aveuglette ou, mieux, de composer le 17. Mais je sais avec certitude que je n'en ferai rien. C'est entre lui et moi.

Durand se relève lentement, très lentement. Reprenant une position défensive, je serre la bombe dans ma main et cherche une autre arme des yeux.

— Ce n'est pas la peine de faire ça. On peut discuter.

— Je ne discute pas avec les enfoirés comme vous.

Il sourit en s'approchant de moi. Habillé d'un survêtement, il s'était sûrement préparé pour une soirée relax. Normal, après avoir abusé d'une de ses élèves, il faut du repos.

— Tu veux boire quelque chose ? demande-t-il en faisant un geste vers la cuisine.

Je mets deux secondes à comprendre. Et puis je fonds sur lui, oubliant toute prudence, sa taille et son gabarit. Je frappe de toutes mes forces, et comme ça me semble dérisoire, je redouble d'efforts. Je n'abandonnerai pas sans nous défendre, Allya et moi. Ce mec se fout de nous et je lui ferai cracher la vérité.

Très vite, il prend le dessus. Il m'attrape les bras, me piège les jambes et, comme je l'avais prévu, me plaque au sol. J'attends sa main sur mon cou, me débats encore sans parvenir à me libérer. Ses jambes enserrent les miennes, tout son poids pèse sur moi.

Mais rien d'autre ne vient. Je repense à la bombe lacrymo que j'ai dû bêtement lâcher dans la lutte et qui ne me sera plus d'aucun secours. Désolée Papa.

— On va se calmer maintenant et discuter comme deux

personnes civilisées, d'accord ? chuchote-t-il à mon oreille et mon ventre se noue atrocement.

Pour avoir une chance de m'en sortir, je hoche la tête. À la moindre occasion, je bondirai. Mais il faut être patient, comme dans les films où le taré explique que depuis le début, c'est lui qui tire les ficelles pendant que l'autre gars arrive à se détacher et passe à l'action. Je suis vernie, j'ai les mains libres.

— Je ne sais pas où est ta sœur, OK ? Tu crois vraiment qu'elle se cacherait ici ? questionne-t-il en se relevant prestement.

Non, mais tu as très bien pu la cacher dans une cave sordide. Connard.

Il me tend la main pour m'aider à me relever. L'ignorant, je me redresse toute seule et me tiens droite face à lui. Je scanne une nouvelle fois l'appartement du regard. Maintenant que je sais qu'elle n'est pas ici, je dois partir au plus vite.

— Rassure-toi, je ne crois pas qu'elle soit en danger.

— Donc, vous savez où elle est ! dis-je en serrant les poings.

Jusqu'où est-il allé pour avoir Aly ? Comment s'y est-il pris ? Pourrait-il être plusieurs personnes à la fois ? Serait-ce lui… JohnS-miss ? Cette idée me donne envie de le frapper une nouvelle fois, mais je dois tenir bon. L'écouter jusqu'à ce qu'il fasse une erreur.

Il fait les cent pas. Pour m'empêcher de prendre la fuite ?

— Non, je ne sais pas.

Tu parles…

— Mais crois-moi, elle se porte très bien, ajoute-t-il d'un ton grinçant.

Alors que j'ai fait quelques mouvements infimes, il se retourne face à moi et mon sang se glace dans mes veines.

— Je ne veux pas te retenir ici, Rachel. Je suis peut-être un enfoiré comme tu dis, mais pas un tueur ou quoi que tu imagines…

Pour l'instant…

— Je sais qu'Allya va bien. De source sûre. Mais pour moi aussi, c'est le flou total.

Il croise mon regard et j'accepte de soutenir le sien. En fixant ses yeux gris en amande, je peux comprendre pourquoi Aly s'est laissé emporter par cette aventure insensée. Mais bordel, pourquoi il ne me balance pas ce qu'il sait, tout de suite ? Et pourquoi, ici et maintenant, il ne m'a pas encore fait de mal ?

— Assieds-toi, Rachel. Je peux tout t'expliquer.

Chapitre Trente-Et-Un

Allya

C'EST SOUVENT QUAND ON ESSAIE DE FAIRE LE MOINS DE bruit possible qu'on produit un boucan inimaginable. Je pourrais en rire, si j'en avais envie. Mais il faut dire que ça me coûterait énormément.

Rachel a le sommeil profond et là, à cet instant, ça m'arrange vraiment. Elle est rentrée de soirée il y a peu de temps, elle a donc des heures de repos en retard. Quand la fermeture éclair de mon sac couine, elle ne remue pas. Quand je fais tomber mon livre de maths sous le bureau, rien ne se passe. J'expire, soulagée, et continue de vider mon sac pour y mettre des trucs plus importants.

Depuis le pseudo rendez-vous galant avec Cédric, je ne suis pas allée courir hier soir, pour la première fois depuis longtemps. Mes jambes étaient comme incapables de me porter. Alors je suis rentrée, je me suis enfermée dans ma bulle, et maintenant j'ai l'impression que je n'en sortirai jamais.

Il faut que je coure. Même s'il est 4 heures du matin, parce que, de toute façon, je n'ai pas dormi de la nuit.

Et puis, pour une fois, j'ai une destination précise.

J'attache vite fait mes cheveux en un chignon dégueu. Qui va me voir à cette heure-là ? Au fond, qui m'a déjà vraiment regardée ?

Mon sac plein glisse sur mes épaules. Je n'ai pas l'habitude de m'entraîner avec un poids sur le dos, mais circonstances exceptionnelles obligent, il faudra bien que je le supporte.

Il fait chaud dans cette chambre. Je m'appuie un peu contre la porte, avant d'affronter la suite. Mon regard accommodé à l'obscurité fouille la pièce. Je suis presque sûre de n'avoir rien oublié. De toute manière, j'ai juste besoin de ce qu'il y a dehors. Rien ne me retient plus ici. Ni mes parents qui croient que je suis une petite fille sage. Ni Rachel qui considère ma vie pourrie du haut de sa superbe existence.

C'est ailleurs que je pourrai continuer.

Ma sœur dort comme un loir. Si elle se réveillait maintenant, elle me verrait sur le point de partir. Est-ce qu'elle me retiendrait ? J'entendrais sûrement un « Arrête tes conneries, Aly », avant qu'elle ne referme les yeux.

Il faudra bien que je me débrouille sans elle. À trop s'aimer, parfois, on se déteste, en fin de compte.

Je remonte le zip de ma veste. J'ai pris un truc léger, parce que je veux avoir froid. Ça me fera un élément sur lequel me concentrer.

J'abaisse la poignée en priant pour que ça ne grince pas... ou l'inverse. J'entrouvre la porte, juste pour pouvoir me faufiler. Le palier est plus frais. Prochaine étape, passer devant la chambre de mes parents sans alerter personne. Et eux, qu'est-ce qu'ils diraient ? Que je perturbe leur quotidien parfait, avec mes états d'âme ? Ils penseraient sûrement qu'après les avoir vus avec un inconnu sur le canapé et avoir entendu une partie de leur conversation, je suis partie, choquée et révoltée. Ils seraient bien loin du compte.

Rachel respire un peu plus fort. Je me retourne quelques secondes et elle ne bouge pas. Putain, elle ne sait même pas à quel point j'ai mal. Et si elle en avait conscience, je ne crois pas que je pourrais tout lui dire. Pourtant, elle est souvent la seule à qui je peux parler... Mon cœur se serre à nouveau, douloureusement.

Toujours dans l'obscurité, je fais demi-tour. Tâtonner doucement, sans précipitation.

Quand mes doigts saisissent le petit cadre froid, je ressors.

Avec cette photo sur moi, j'aurai le courage de me séparer d'elle... pour l'instant.

Chapitre Trente-Deux

Rachel

JE TIRE SUR LA CLOPE QU'IL M'A PASSÉE COMME UNE malade, en espérant vainement qu'il ne m'ait pas donné autre chose que du tabac.

— Merde, laissé-je échapper entre deux quintes de toux.

— Petite joueuse, sourit Cédric en me tendant une bouteille d'eau.

Je refuse son offre, dédaigneuse. Sitôt qu'il a posé la bouteille sur la table, je m'en empare.

— Crachez le morceau, ordonné-je après avoir bu deux longues gorgées.

— Tu vas droit au but, toi.

— Quand le but est de retrouver ma sœur en vie, ouais, j'y vais sans détour.

Il étire ses jambes, assis sur son canapé. Je me demande encore si j'ai bien fait de m'installer face à lui, dans ce fauteuil confortable, pour faire la conversation comme s'il n'y avait aucune urgence.

— Comme je te l'ai dit, ta sœur semble se porter normalement...

— Comment pouvez-vous dire ça ?

Pourquoi je le vouvoie encore ? Les réminiscences des relations prof-élève, j'imagine.

— Quand on harcèle quelqu'un, je suppose qu'on va bien, non ?

J'ouvre la bouche, la referme. J'espère que mon rouge à lèvres est toujours intact, après avoir bu.

— En fait, toutes les explications du monde ne valent pas une preuve, décide-t-il en sortant son téléphone.

Je secoue la tête, sceptique, alors il me montre son écran de loin. Je ne peux pas tout lire, mais le nom de ma sœur et la date sont bel et bien visibles. Mon cœur manque un battement : le message remonte à une heure.

Sans réfléchir davantage, j'arrache le téléphone des mains de Cédric. Il me laisse faire, sans mot dire.

Nous sommes sur Snapchat. Avec une incontestable satisfaction, je constate que j'avais raison : Lecteurdepolars et Cédric Durand sont une seule et même personne. Mais au lieu d'échanger des messages avec Lectricedepolars, c'est une certaine Allya qui lui écrit. Clair et précis.

Allya : " Connard "

Ça, c'est fait. Bien évidemment, les messages précédents ont déjà disparu, les joies de ce réseau des secrets.

Une chaleur s'empare de moi, de haut en bas. Ma sœur envoie des messages. Ma sœur est en assez bonne forme pour écrire... elle est en vie, putain.

— Je crois comprendre que tu sais tout... enfin presque tout, présume Cédric en reprenant son portable.

— Tu as brisé le cœur de ma sœur, enfoiré, soufflé-je en recommençant à fumer, plus doucement.

Je suis passée au tutoiement, au final.

— Oui, ça, c'est vrai. Et je ne voulais pas vraiment en arriver là…

— Oui, on sait bien comment ça se passe, le coupé-je sèchement. On se laisse emporter, et puis c'est jamais ce que les autres croient, mais…

— C'est un peu ça, admet-il en prenant aussi une cigarette. Ta sœur m'a surpris. Plusieurs fois. Je pensais que ça passerait et puis…

— Laisse-moi deviner, elle est venue te demander des comptes. Ou te menacer de rendre publique votre relation. Et qu'est-ce que tu lui as fait à ce moment-là ?

Il soupire et j'ai des envies de meurtres. Mais il faut qu'il parle avant.

— Tu te trompes. Elle n'est jamais revenue ici depuis notre… rupture.

On dirait que le dernier mot lui écorche la bouche.

Je repose brutalement la bouteille sur la table et un peu d'eau s'en échappe.

— Tu m'as dit que tu m'expliquerais tout. Alors, magne-toi, parce que l'histoire n'est pas complète. Et je veux savoir où est Allya !

— Je ne sais pas où elle est, je te l'ai déjà dit. Mais elle n'est pas en danger, apparemment.

— Sur quoi tu te bases pour dire ça, bordel ?

Je suis de nouveau debout. Il ne me donne aucune information qui me permettrait de la retrouver et ma patience commence sérieusement à décliner.

— J'ai reçu non pas un, mais plusieurs messages d'Allya.

Les yeux dans les yeux, il me lâche cette bombe et je suis à court de mots.

— Depuis sa disparition, j'ai même reçu des dizaines de messages. Jour et nuit. Alors, si elle était enfermée dans ma cave, tu crois vraiment que ça aurait un sens ?

— Oui, pour brouiller les pistes, glissé-je tout de même.

— Il me semblait que c'était ta sœur la passionnée de polars, sourit-il.

— Montre-les-moi.

— Je ne pourrai te montrer que des captures d'écran. Avec Snapchat, tout finit par s'effacer.

— Bien sûr... ironisé-je. C'est vrai que c'était bien pratique, cette idée d'utiliser Snap...

— Oui, c'est justement ça qui nous a séduits, je dois l'avouer...

Quand il s'approche de moi, je frémis. Mais il se contente de me tendre son portable, que je lui arrache de nouveau des mains.

Il y a plusieurs captures d'écran montrant les échanges.

Je trouve vite ce que je cherche. Monologues, dirais-je plutôt, puisqu'aucun message de lui n'est visible.

Des dizaines de messages s'affichent.

« Je te ferai la peau, salopard. »

« Fais gaffe à toi, sale merde. »

« Ta vie est finie, pourriture. »

J'en passe et des meilleurs. Je les lis, comme dans un état second.

— J'imagine que tu as eu accès à son ancien compte, dit-il d'une voix posée.

— C'est quoi, ce nouveau profil ? demandé-je sans confirmer.

— J'ai reçu des messages de ce profil le jour de sa disparition. Je pense qu'elle s'en est créé un nouveau, dédié à... mon lynchage. J'ai commencé à lui parler parce que j'étais inquiet... je n'ai pas été déçu.

— Mais la fréquence de ces...

— Oh, c'est toute la journée, la nuit aussi. Toutes les 10, 15 minutes. D'ailleurs, tu ne perds rien des premiers, ce sont tous à peu près les mêmes. Aucune discussion possible.

Pour la première fois, je le regarde vraiment. Ses traits tirés, ses sourires qui durent trois secondes, ses mains qu'il tord sans arrêt.

— Je ne comprends pas, articulé-je en lui rendant son téléphone. Pourquoi elle fait ça ?

— Je ne sais pas, dit-il sur un ton bas en posant le portable loin de lui. Je ne sais même pas pourquoi je ne bloque pas ce foutu compte pour en finir. Peut-être parce que j'ai l'impression qu'elle a besoin d'aide.

— Si tu avais alerté les flics dès le départ, on aurait pu l'aider depuis longtemps.

Ça pourrait être un reproche, mais je n'ai pas la force de prendre le ton adéquat. Ma sœur est quelque part, en train de ruminer… mais en vie.

— Appeler les flics… tu es naïve, ou tu le fais exprès ?

Je lève les yeux, consternée. Prête à en découdre, il lève la main pour me faire taire.

— Réfléchis juste cinq minutes, sors de ton petit monde parfait et regarde la réalité en face. Moi, un prof de lycée, je vais aller spontanément voir les flics pour tout leur raconter ? Je vais leur dire tout simplement que j'ai créé un compte Snapchat pour communiquer en secret avec ma copine mineure à qui je donne des cours et que je saute une fois la classe finie ? Je vais leur déclarer que j'aime la voir courir, que je l'ai laissée entrer chez moi, que je l'ai dévorée du regard sur ce canap' ? Et pour finir en beauté, je vais leur clamer haut et fort que oui, je l'ai appelée la veille de sa disparition avec un portable prépayé, parce que j'avais l'impression qu'elle n'était pas en forme ces derniers temps ? Réfléchis, et dis-moi ce qui en sort.

J'ouvre la bouche, comme un poisson.

— Psychopathe…

— Gagné. Je ne sais même pas ce qu'ils feraient de moi. Mais mon boulot sauterait, ma carrière serait finie, ma vie tout court aussi. Et tout ça pour une fille qui m'insulte à longueur de journée ? Je suis peut-être égoïste, mais je ne ferai pas cette connerie pour si peu. Je la pensais bien plus mature que ça…

Je pourrais lui jeter mon mégot à la tête. Mais au fond, est-ce que je n'aurais pas un tout petit peu fait pareil ? Néanmoins, il pourrait me torturer, je ne l'avouerai jamais.

— J'aimerais que tu la retrouves... chuchote-t-il en fixant le plafond. J'aimerais tellement comprendre... mais je n'y laisserai pas tout ce que j'ai...

Je hoche la tête sans répondre. À un moment de nos vies, j'ai cessé de comprendre ma sœur. À un moment de notre existence commune, j'ai balancé ses sentiments à la poubelle comme s'ils n'étaient rien. Et maintenant, on en est là.

— Et... mes parents ? demandé-je la voix enrouée.

— Quoi ?

— Mes parents... tu les connais ?

Si on le regarde de loin, il peut ressembler à l'homme de la vidéo. En venant ici, je me suis dit que tout était lié.

— Je n'ai jamais vu tes parents. Et heureusement, parce que ça me mettrait très mal à l'aise. Pourquoi ?

— Pour rien, préféré-je souffler. J'essaie de tout clarifier, c'est tout.

Nos regards s'accrochent en une promesse mutuelle. De quoi ? Je ne sais pas exactement. Mais les coups à la porte qui nous font sursauter mettent fin à mes tergiversations.

Chapitre Trente-Trois

Rachel

À FORCE D'ÊTRE ICI, JE FINIRAIS PRESQUE PAR M'Y sentir bien. La chaise est toujours aussi pourrie, mais mon corps est comme anesthésié.

— Explique-moi, Rachel. On peut en parler calmement.

Je le fixe franchement. Je le connais depuis une semaine et pourtant, il fait mine de me cerner…

— En fait, tu refuses de nous donner des éléments qui pourraient faire avancer l'enquête, c'est ça ?

— Vous êtes flic, vous devriez les trouver sans moi, ces infos.

Il sourit.

— Flic ne veut pas dire omniscient. Et c'est de retrouver ta sœur dont on parle. Important ou non ?

Je hoche la tête en serrant les dents et il continue de me regarder.

— Je suis mineure. Mes parents doivent être là pour vos questions, je reprends fièrement.

— En effet. Et tu penses que tes parents seraient ravis de savoir que tu étais seule chez un homme majeur et prof dans ton lycée ?

Je me demande si ça éveillerait ne serait-ce que leur intérêt... ou alors, ça raviverait leur suspicion, si légèrement assoupie.

Cheveux-Gris tape quelque chose sur son ordinateur et je fulmine.

Ils sont arrivés si soudainement qu'on aurait dit un film. Le flic que je connais bien et son collègue que j'ai juste croisé sont entrés et ont menotté Cédric, direct, en lui récitant ses droits comme dans toutes ces séries télé.

Et alors que Cédric me lançait des regards noirs, les flics m'ont emmenée moi aussi pour « me poser quelques questions, ça ne prendra pas longtemps ».

— Je n'ai pas de relation avec ce mec, soufflé-je.

— Non, pas toi. Mais Allya en avait une, hein ?

— Comment vous pouvez affirmer ça ?

Mon pouls s'accélère.

— Peu importe. Il ne pourra plus faire de mal à qui que ce soit.

— Il n'a fait de mal à personne.

— Où est Allya, Rachel ?

Je bloque quelques secondes, bouche bée.

— Si je le savais, vous croyez que je resterais assise ici ?

— Alors comment peux-tu affirmer que Cédric Durand n'a fait de mal à personne ?

Je pourrais parler des messages de ma sœur. Mais aussitôt elle passerait pour une harceleuse, une fugueuse qu'on n'a pas vraiment envie de rechercher...

Cédric a dit qu'il ne laisserait pas ce qu'il a pour Aly. Eh bien, moi, je ne ferai pas passer ma sœur pour une ado capricieuse pour ses si beaux yeux.

— Qu'est-ce que tu sais de M. Durand, au juste ?

— Pas grand-chose, rétorqué-je. Je ne passe pas mes journées avec lui.

— Ta sœur t'en parlait ?

Allez, vas-y, remue le couteau dans la plaie, ça fait du bien.

— Non, je ne savais rien. Mais vous devriez continuer de la chercher, pour qu'elle vous en parle elle-même.

— Nous continuons de la chercher, Rachel. Mais plus nous aurons de renseignements, plus ça nous facilitera le travail.

— Écoutez, je n'ai pas plus d'éléments. Je contacte toutes les personnes qui la fréquentent de près ou de loin, rien de plus normal.

— Cette piste est justement très intéressante. Que sais-tu de Cédric Durand ?

— Mais rien ! Je lui ai à peine dit deux mots, il n'a rien à m'apprendre, point final.

— Pourquoi le défends-tu autant ? Où est ta sœur, Rachel ?

J'enfile ma veste, toujours assise.

— Écoutez-moi bien, je ne sais pas où est ma sœur. Mais contrairement à vous, je compte bien le découvrir. Et je n'ai pas l'intention de me morfondre ici, à attendre que vous vous sortiez les doigts...

Je me lève, lui tourne le dos. Cédric ne mettra sûrement pas longtemps à parler des messages, preuves à l'appui. Peut-être qu'Alex serait assez fort pour pirater ce nouveau compte avec le peu d'informations dont je dispose et effacer tout ça ? Je sais, ce ne serait pas cool. D'autant plus que Cédric doit croire que c'est moi qui l'ai balancé, par quelque moyen que ce soit. Mais on réglera ça plus tard, le plus important reste Aly, entière et en bonne santé pour que je puisse l'engueuler, puis me faire pardonner de tout.

J'ouvre la porte et me précipite à l'extérieur.

— Attends, m'apostrophe le flic. Tu ne peux pas partir comme ça. Je vais appeler tes parents pour qu'ils viennent te chercher.

— Parce que je suis mineure ? demandé-je en me tournant vers lui.

Il acquiesce en me lançant un sourire un peu narquois sur les bords.

— Eh bien, appelez-les. Et, profitez-en pour dire à mon père que vous m'avez interrogée sans qu'il soit dans la pièce, il appréciera.

Sans attendre sa réponse, je marche d'un pas vif vers la sortie. Une fois dehors, je jette un coup d'œil par la vitre. Il me regarde toujours, l'air blasé. Ne fait pas un geste pour m'empêcher de partir. Et c'est tant mieux, parce que je sais où je dois aller.

Chapitre Trente-Quatre

Rachel

J'AI EU DE LA CHANCE, C'ÉTAIT LE DERNIER BUS DE LA journée qui m'a conduite ici. Je ne sais pas comment je repartirai. La mère d'Alex acceptera sûrement que je reste, maintenant qu'elle est rentrée. Je n'ai pas prévenu ce dernier que je venais, mais l'état second dans lequel je suis depuis plusieurs heures m'empêche d'organiser autre chose que les recherches de ma sœur.

Je sonne au portail, fébrile. Il faut qu'il ouvre, et qu'on parle.

Pendant quelques secondes, je me demande s'il est chez lui. Mais où pourrait-il être, sinon ? Que ferait-il d'autre ?

Je regarde, à travers le portail, la petite allée bordée de parterres de fleurs. Est-ce qu'ils se paient un jardinier ?

Et au bout de l'allée, leur maison dont la porte d'entrée s'ouvre enfin.

— Qu'est-ce que tu fais là ?

Sa voix est enrouée. Il avance vers moi en frissonnant dans son tee-shirt et son short.

— Il faut qu'on parle, l'informé-je en lui emboîtant le pas.

— C'est bien toi ça, arriver sans prévenir, sourit-il en sortant ses clés pour ouvrir.

Il doit être cinglé pour verrouiller la porte alors qu'il sort simplement pour ouvrir son portail.

— En tout cas, heureusement que tu es venue, tu allais dépasser le délai que tu m'avais fixé. J'allais m'inquiéter...

Nous pénétrons dans son entrée, puis dans la cuisine. En repensant à la présence de sa mère, mon estomac fait des bonds. Aly m'a dit que quand elle est là, c'est de la bonne bouffe à gogo. Et ça fait une éternité que je n'ai rien avalé.

Il se dirige vers un frigo et me rapporte une bouteille de bière, je l'accepte, mais ne boit qu'une petite gorgée.

— Tu as donné l'alerte.

— De quoi tu parles? demande-t-il en m'entraînant dans le salon et en s'asseyant dans le canapé.

Sa pièce de vie est sympa, avec lustre au plafond, grande baie vitrée et écran plat.

— Tu as appelé les flics et tu leur as donné l'adresse. C'est cool de t'inquiéter pour moi, mais franchement, tu aurais pu attendre la fin du délai.

— Pour qui tu me prends? Je t'aurais laissée discutailler avec un inconnu et après? Il aurait pu te faire du mal, à toi aussi.

— Moi aussi?

— Réfléchis, Rachel! C'est lui, qui d'autre?

Je me laisse tomber dans un fauteuil en cuir avec des réglages sur les côtés pour baisser la tête ou relever les jambes.

— Je n'en suis pas sûre, Alex. Il m'a expliqué...

— Expliquer quoi? s'emporte-t-il. Enfin merde, il échange en secret avec Aly, il la manipule, elle a dû vouloir arrêter et il a pété un plomb...

— C'est lui qui a rompu avec elle.

— C'est ce qu'il t'a dit? Et toi, tu crois le premier venu parce qu'il a une gueule d'ange?

Je baisse les yeux au sol.

— Rachel, ressaisis-toi! C'est pas parce que c'est un prof qu'il est digne de confiance, hein? dit-il d'un air moqueur en me tapant sur l'épaule.

Comme je m'en doutais, il s'est trahi. Plus vite que je ne le pensais, mais c'est tant mieux.

— Dis-moi, chuchoté-je en me rapprochant de lui. Où est ta mère?

— Elle est crevée, elle dort déjà.

— Alors, ne crie pas, lui intimé-je. Comment tu as appris que le mec de Snap était notre prof?

C'est marrant de regarder un visage changer trois fois d'expression quand quelqu'un découvre qu'il en a trop dit.

— De quoi tu parles? Tu me l'as dit tout à l'heure! s'exclame-t-il.

Et c'est d'un ton calme que je poursuis :

— Non, je ne t'ai rien dit. Je n'en ai pas eu le temps. Je voulais régler ça seule. Alors tu l'as appris par un autre moyen. Et tu t'es empressé de le dénoncer aux flics. Que sais-tu d'autre que tu ne me dis pas, Alex? Depuis quand as-tu plus d'infos que moi?

Je m'apprête à lancer autre chose, mais mon téléphone émet une vibration. Au moment où je le sors de ma poche, tout se passe très vite.

Alex m'arrache mon portable pour le balancer à travers la pièce. En deux secondes, il est sur moi, ses deux mains enserrant mon cou.

— Je sais tout depuis le début, petite conne. Et je te conseille de fermer ta gueule si tu ne veux pas finir comme elle.

L'air me manque, je ne parle pas. Son corps bloque le mien et je réalise très vite qu'il est plus fort que moi.

— Arrête de te débattre et je te relâcherai. On pourra parler calmement et tu verras, tout va s'arranger, murmure-t-il à mon oreille.

Il y a quelques heures, sentir son souffle dans mon cou m'aurait fait frissonner d'excitation. À présent, ça me hérisse, mais c'est avec un effort surhumain que je cesse de bouger. Vas-y, relâche-moi, et après on verra.

L'une de ses mains quitte mon cou, pour voir si je bouge. Il effleure mon sein au passage et le dégoût s'empare de moi.

— Finalement, tu lui ressembles à ta sœur. Elle aussi, elle a fait semblant de m'obéir...

Mon bras encore libre se lève et je lui balance de la bière dans les yeux. Sa prise se desserrant un peu, j'abats la bouteille sur sa tête avec toute la force dont je suis capable. Tandis qu'il hurle de surprise et, je l'espère, de douleur, je me précipite hors du salon.

En quelques secondes, il sera prêt à me poursuivre. Et je claque la porte d'entrée avant de m'engouffrer dans une pièce au hasard, qui se révèle être une salle de bains.

— Salope, l'entends-je éructer tandis qu'il sort dans le jardin pour me rattraper.

Il ne mettra pas longtemps à comprendre que je ne suis pas dehors. Alors je quitte la salle d'eau et referme la porte pour ne laisser aucune trace de mon passage. Je ne connais pas très bien la maison et ce n'est pas le moment de visiter. J'ouvre une première porte à la volée. Un simple placard. Ma fréquence cardiaque est au maximum. Je dois découvrir ce qu'il cache, et vite.

— Putain, t'es où ? l'entends-je hurler au-dehors.

Je saisis la poignée d'une deuxième porte et j'expire de soulagement. Un escalier qui descend. Combien de fois Aly m'a parlé du sous-sol d'Alex rempli de trucs de geek et doté d'un mini-frigo ?

Au moment où la porte d'entrée s'ouvre de nouveau, je ferme derrière moi celle menant au sous-sol et dévale l'escalier. Grave erreur.

Il a dû reconnaître le bruit de mes chaussures sur les marches.

Ou peut-être celui de la porte que j'ai claquée trop fort. Je l'entends se précipiter derrière moi et j'essaie de me repérer dans ce sous-sol immense. Il n'est pas éclairé et je n'ai pas le temps de chercher l'interrupteur. Je cours à travers la pièce, évite de justesse une table basse, manque de me prendre une barre de son.

— Pas la peine d'espérer m'échapper, susurre-t-il dans l'obscurité.

Je ne cherche pas à t'échapper, Ducon. Je voudrais voir l'intégralité de ce foutu sous-sol avant que tu ne me fasses la peau.

Alors que je cours toujours, mon pied heurte un meuble et je perds complètement l'équilibre. Je tombe brutalement sur mon épaule gauche et arrive à peine à retenir un gémissement de douleur.

— Tu vois, ce n'était pas la peine de te presser, chuchote-t-il en s'installant sur moi avant que j'aie eu le temps de bouger.

Il me bloque les bras, les jambes. Beaucoup plus prudent que tout à l'heure. Il me gifle, me sonnant à moitié et recommence à m'étrangler.

Je n'arrive pas à y croire. Au milieu de la panique qui me gagne, je ne veux pas admettre que ça va se finir comme ça, maintenant. Pourtant, je ne vois aucune issue.

— J'ai été gentil avec ta traînée de sœur. Mais toi, je n'ai aucune raison de te ménager.

Il ne serre pas trop, il attend sans doute d'avoir terminé son speech pour y aller à fond. Et moi, je réfléchis à toute vitesse.

— Tu te souviens de toutes ces fois où tu t'es foutue de moi, avec tes copines ? De toutes ces fois où tu m'as regardé de haut ? C'est le moment de faire l'inverse, tu en penses quoi ?

Il me crache au visage, et je pourrais pleurer si j'en avais la force.

— Ta sœur a toujours été à moi. Elle ne le savait pas, mais moi j'attendais patiemment. Et toi, tu l'encourageais à se taper des mecs cools et charismatiques. Ça te fait plaisir qu'elle se soit fait notre prof de physique ? Elle t'en parlait le soir et tu la trouvais fun ?

Il augmente sa prise.

— Même pas, espèce d'idiote. Elle ne t'a rien dit parce qu'elle ne te faisait pas confiance. Ta sœur chérie t'a caché le plus gros secret de sa vie, ça te fait du bien ?

Je ne tarderai pas à suffoquer. Et je ne vois aucun moyen de me sortir de là.

Chapitre Trente-Cinq

Allya

5 AVRIL 2019, 19 H 22

Je n'avais jamais remarqué à quel point mon plafond était lisse, c'est marrant. Enfin, marrant… ça empêche mes larmes de couler et ma respiration de se bloquer, en tout cas.

En voyant Rachel se conduire si souvent en midinette que c'en est devenu écœurant, je me suis promis de ne pas faire la même chose. Pourtant, j'ai l'impression que tout va mal, que personne ne m'aime et je passe ma soirée à pleurer comme une débile. Ma sœur jumelle me sort par les yeux. Elle m'a pris la tête pour que je lui prête mon chargeur, j'ai refusé. Elle m'a hurlé que mon absence de vie intéressante n'était pas une raison pour bousiller la sienne. Super.

Mes parents ne savent pas ce que je fais de mes journées. Depuis la scène que j'ai entrevue hier, on n'a échangé aucune parole. Connaître mon ressenti ou me fournir une explication n'est pas dans leurs options. Allya comprend, Allya est gentille.

Mon mec me laisse tomber aussi soudainement qu'il est apparu dans ma vie… on se croirait dans une série américaine. Enfin mon

151

mec… ne l'a-t-il jamais vraiment été ? Je refuse d'avouer que je me suis voilé la face depuis le début. Mais à un moment, j'ai déraillé en imaginant qu'on formerait un vrai couple. Et lui, l'a-t-il cru ? Ou ne pensait-il qu'à… ?

Je mets mes écouteurs, déclenche ma playlist de sport et me vois en train de courir. À défaut de courir pour de bon, parce que je n'en ai pas la force.

Ça me ferait pourtant du bien de me défouler. Ou de me vider la tête. Peut-être devrais-je demander à Rachel qu'elle appelle un de ses copains fumeurs, et pour une fois, que ce soit moi qui propose une soirée. Mais elle trouverait ça louche. Et il est hors de question qu'elle connaisse les problèmes que j'ai en ce moment. Si je lui racontais tout, que ferait-elle ? Elle pourrait me dire de me ressaisir, de dénicher quelqu'un d'autre qui me mérite. Ou elle rirait parce que j'ai sérieusement cru que je pourrais avoir une relation avec un mec de 28 ans qui, de plus, est mon professeur. OK, je ne lui dirai rien.

Je zappe ma playlist de sport pour écouter des musiques plus douces, relaxantes. Mais dès les premières mesures, je sais que ça ne marchera pas. Je m'entoure de mes bras, assise dans le fond de mon lit, pour tenter un réconfort en solo. Je n'ai pas envie d'allumer ma liseuse ni de démarrer Netflix. C'est dire à quel point je suis mal.

Fugacement, je songe au peu de contact physique échangé avec Cédric. Nos mains qui s'effleurent, ces quelques baisers volés, nos corps près l'un de l'autre… d'infimes instants vécus si intensément…

Quand mon téléphone vibre sur ma table de chevet, je daigne répondre sans même regarder le nom de l'appelant.

— Salut ma poule, alors tu viens ce soir ?

Si je reconnais tout de suite la voix chaude et réconfortante d'Alex, j'ai du mal à me rappeler de quoi il parle.

— Ce soir, euh…

— Tu ne te souviens pas, c'est ça ?

Il a un sourire dans la voix.

— On avait dit qu'on se retrouverait pour une nuit Alylex, tu te souviens ?

Je souris à mon tour. Les nuits Alylex, on les a inventées il y a des mois, pour désigner tout un tas de choses : refaire le monde, regarder un tas de films, grignoter une multitude de cochonneries. Ces nuits, je les adore. Pourtant, j'hésite :

— Je ne sais pas...

— Ouh là, qu'est-ce qu'il t'arrive ?

Comme d'habitude, le bruit du briquet au bout du fil.

— Pas grand-chose. Mais, à vrai dire, je suis crevée...

— Crevée le premier soir des vacances, tu rigoles ? J'ai rempli le mini-frigo de tes jus de fruits pourris !

— Ils sont pas pourris... corrigé-je en souriant. Mais sérieusement, je ne crois pas que je vais bouger... peut-être demain ?

— Vraiment, je ne te sens pas, qu'est-ce que t'as ?

Je souffle doucement. Ne rien dire à Rachel, c'est une chose. Mais Alex ? J'ai toujours pensé qu'à un moment, je lui en parlerais. Je me suis toujours dit qu'il serait l'un des premiers à savoir, quand ce serait plus simple, plus sérieux. Pourquoi pas maintenant, puisqu'il n'y a plus rien à préserver ? Je lui confierais ma vie entière, et il est temps qu'il en connaisse la partie la plus importante de ces derniers mois.

— Écoute... est-ce que je peux rester quelques jours chez toi ?

— Bien sûr, quelle question ! Ta sœur te rend barge, ou quoi ?

— Non, pas du tout... mais je voudrais vraiment m'éloigner de tout...

— De tout quoi ? Je comprends rien ! Tu me fais une bande-annonce, parce que là je suis largué !

J'hésite quelques secondes, et puis je finis par lui déballer le plus gros, en intimant à ma voix de ne pas trembler.

— J'ai eu une relation amoureuse, Alex... depuis plusieurs mois, avec des hauts et des bas... tout était secret...

J'entends sa respiration changer à l'autre bout de la ligne. Pas étonnant, ça doit lui faire bizarre que je ne lui aie rien dit, jusqu'ici.

— C'était... avec quelqu'un d'inhabituel...

— Mais... qui ? demande-t-il d'une voix soudain enrouée.

— Je... je te l'annoncerai en face. Sache juste que... on a rompu il y a quelques semaines. Et franchement... j'ai du mal à encaisser, surtout sans en parler à personne. C'est ridicule, hein ?

Il met quelques secondes à répondre. Pendant ce temps, j'imagine quelqu'un d'autre à qui j'aurais pu me confier. Benjamin, alias JohnSmiss. Bizarrement, on a cessé d'échanger à peu près au même moment où Cédric m'a virée de chez lui. Le projet de nous rencontrer en vrai était bien réel, je voulais m'asseoir face à cet ami virtuel avec qui je discutais depuis un an pour bavarder de vive voix, enfin. Mais je n'ai plus eu de nouvelles, juste après lui avoir donné mon numéro de portable. D'un jour à l'autre, il a disparu, et toute à mes états d'âme, je n'ai pas vraiment remué ciel et terre pour chercher à le recontacter.

— Ce n'est pas ridicule, c'est normal, reprend Alex. Ne t'inquiète pas. Tu pourras me parler de tout ça quand on sera chez moi, d'accord ?

— Oui, accepté-je avec soulagement. Merci... de me comprendre et...

— C'est normal. Viens tout à l'heure et on en discutera autant que tu veux. Ne dis pas où tu vas et reste quelques jours ici, ça te fera du bien. Et si ton père lance un avis de recherche, on fera des photos canons pour les affiches.

J'émets un petit rire, malgré tout. L'idée de partir sans rien dire me séduit aussitôt. Et d'ici à ce que ma famille se rende compte de mon absence, j'aurai déjà bien récupéré.

J'acquiesce et je raccroche, un faible sourire sur les lèvres. Enfin, je vais pouvoir parler librement de ce truc énorme que je vis depuis des mois. Je suis dingue de mon prof de physique. Et peut-être que lui aussi m'a un peu aimée en retour. J'aurais pu choisir n'importe quel mec de mon âge. Mais en vrai, c'est lui que j'ai voulu plus que tout...

J'essaie de m'organiser efficacement. Sortir maintenant ne m'exposerait qu'à des questions embarrassantes, parce que ma mère est en bas en train de déballer une livraison de repas. Quand Rachel rentre à des heures impossibles, on s'étonne à peine. Mais quand Allya se détourne de ses habitudes, c'est le ramdam assuré.

Ce soir, je deviens une version simplifiée de Rachel. J'attends que tout le monde baisse la garde et je me tire en courant pour faire ce qui me branche vraiment. C'est si simple quand Rachel le fait, pourquoi pas moi? Une fois chez Alex, je pourrai lâcher prise. Je serai en sécurité.

Chapitre Trente-Six

Allya

CHAQUE FOIS QUE J'ENTRE CHEZ ALEX, JE ME SENS rassurée. Un séjour chez lui, plus ou moins long, est toujours la promesse de rires, de confidences et de bonne bouffe. Sans même réfléchir, je me dirige vers le sous-sol et, sans surprise, j'y trouve mon meilleur ami, une manette de jeu à la main. Je fais un tour par le mini-frigo, choisis une canette de Sprite et m'affale dans le canapé.

— Alors, ça va comment ? demande-t-il en éteignant la console et en lançant une playlist d'ambiance.

Je souris face à sa question rhétorique.

— J'ai dû attendre que Rachel s'endorme, éludé-je.

Sous son regard insistant, je sais que la discussion est proche.

— C'était compliqué, entré-je dans le vif du sujet.

— Mais encore ? m'encourage-t-il.

Il est assis tout près de moi, buvant mes paroles. Je sais que lui non plus n'a pas dormi de la nuit, pourtant il est prêt à m'écouter déballer ma petite vie.

— Ce n'était pas une vraie relation, mais c'était vraiment fort... comment t'expliquer...

— C'était virtuel, c'est ça ?

Je secoue la tête.

— Pas du tout, c'était bien réel, avec quelqu'un qu'on croise tout le temps...

Il se redresse, bouche bée.

— Explique, m'intime-t-il d'un ton bas.

Je lui raconte le début de ma relation. Il ne dit mot, se contentant de m'écouter comme il a toujours su le faire.

— J'ai tenté de garder la tête froide... mais en fait, j'ai... je suis accro à lui. On ne pourra pas former un couple normal, mais honnêtement, j'ai perdu le fil à peine trois secondes après qu'on se soit embrassés.

Mon pouls s'accélère à mesure que je m'approche de la révélation. J'ai prévu de la lui dire, mais vais-je aller jusqu'au bout ?

— Est-ce qu'il t'a fait du mal ?

— Oui... mais je ne crois pas qu'il l'ait fait par plaisir... d'un coup, il a décidé que c'était fini.

— Pour quel motif ?

— Trop de pression, j'imagine. On était dans le secret en permanence, on cherchait à se rencontrer sans être vus... ça rend cinglé.

— Alors... c'est plutôt reposant d'en finir, non ?

Je le regarde avec des yeux ronds.

— Oui, ça se pourrait... sauf que ça fait un mal de chien.

Je le fixe, attendant qu'il me console aussi bien que d'habitude, mais la lumière ne semble pas se faire en lui.

Je prends ma canette pour en boire la première gorgée, mais mes mains tremblent fort.

— Attends, tu l'as secouée, tu vas en mettre partout. L'autre fois, je regardais une vidéo dans laquelle un mec a montré une technique pour ouvrir correctement une canette secouée.

— Toi et tes vidéos à la con, je souris de nouveau en me calant contre les coussins.

Tandis qu'il se dirige vers le petit lavabo dans l'angle, je me dis qu'il en fait peut-être un peu trop, avec ses techniques innovantes.

— Allez, bois un coup et vide ton sac. C'est qui, ce mec ?

Je bois une gorgée, puis deux. J'ai envie de me lever, de partir en courant. Tout plutôt que d'avouer ce que je me suis donné tant de mal à dissimuler.

— Vraiment, il faut que tu me promettes de le garder pour toi. Ça pourrait avoir des conséquences...

— À qui je pourrais le dire sérieusement ? Tu es ma meilleure amie. À part jouer à la console avec mes autres potes, je ne leur parle pas de grand-chose. C'est tellement bien isolé ici que je pourrais crier ton secret sans alerter personne !

— Essaie pour voir, dis-je en lui frappant gentiment l'épaule.

Dans le silence plus détendu qui s'installe, ma respiration se calme et je bois encore une gorgée de soda pour me donner du courage supplémentaire.

— Il est plus âgé. Pas beaucoup... il a 28 ans. C'est... notre prof.

Il pivote vivement vers moi, ouvre la bouche, mais rien n'en sort. Alors je me sens obligée de continuer, maintenant que j'ai lâché la bombe :

— Cédric Durand. En physique...

J'arrête de parler, parce que je trouve ma voix un peu pâteuse. Je tousse, essaie de reprendre mes esprits, mais le brouillard me gagne. Tournant la tête vers Alex, je le vois me sourire et se pencher peu à peu sur moi.

Je ne sais pas très bien ce qu'il se passe. Les coussins sont confortables, et quand il en glisse un sous ma tête, c'est l'apothéose. Je ne réalise pas vraiment de quelle manière il a pris la nouvelle que je lui ai confiée. S'il sourit, c'est qu'il m'a comprise, n'est-ce pas ? Mais on en parlera plus tard, parce que j'ai tellement sommeil...

Quand le brouillard me quitte, que j'ouvre laborieusement les yeux, je ne réalise pas tout de suite la situation. Je ne suis plus sur le canapé, mais sur un matelas au sol. Peut-être qu'on m'a portée jusqu'ici, ou que j'y suis allée seule sans m'en souvenir. En regardant ce qui m'entoure avec plus de précision, je me rends compte que je suis dans une pièce que je connais bien. Une petite pièce du sous-sol d'Alex, non aménagée. « Pas encore, m'a-t-il dit, on a prévu de la transformer en chambre, cet été avec ma mère. Je vois pas mal de tutos là-dessus. »

Effectivement, pour l'instant, cette pièce ne ressemble à rien : des cartons dans les coins, un lavabo au mur, aucun autre meuble. Ce matelas est le seul point positif, et encore, j'ai connu plus confortable. Quelle idée j'ai eue de venir m'écrouler ici ?

En me levant, je me maudis d'avoir dormi là. Maintenant, j'ai mal au dos et à la nuque.

Ce n'est que quand la porte refuse de s'ouvrir que le contexte commence à me paraître vraiment bizarre. Je tire de toutes mes forces, sans succès. En regardant de plus près, je n'aperçois ni verrou ni clé dans la serrure. Je me mets alors à frapper sur la porte, le souffle court, les mains moites.

Quand j'entends une clé tourner de l'autre côté, j'expire de soulagement.

— Putain, m'exclamé-je quand Alex me rejoint. Qu'est-ce qu'il s'est passé ? Pourquoi c'était fermé ?

Il ne me répond pas, referme la porte derrière lui, met la clé dans sa poche. À cet instant, la panique me gagne vraiment.

Je lui saisis le bras, excédée.

— Qu'est-ce que tu me fais, là ? Tu t'es mis aux blagues lourdes maintenant ?

Sans prévenir, il dégage violemment son bras et me projette sur le matelas. Mon épaule heurte le mur et me lance aussitôt. Mais le signal d'alarme qui retentit dans ma tête m'importe bien plus.

— Reste tranquille, me dit-il en faisant les cent pas devant la porte. Tu m'obliges à te garder ici, Allya... il faut que tu comprennes que tu es à moi, et ne t'inquiète pas... je saurai te montrer le chemin.

Chapitre Trente-Sept

Allya

10 AVRIL 2019, 20 H 15

La pièce sent un peu la transpiration. L'urine aussi.

Quand il détourne enfin la tête, j'attrape prestement mon tee-shirt et je l'enfile. Il m'a donné les vêtements que j'avais entassés dans mon sac, mais au bout d'une semaine je les ai déjà tous portés. Quand je remets ma culotte en coton, je me demande comment j'ai pu en arriver là. Mais je n'ai pas la réponse, et pas sûre que tout dépende de moi. Dans ma vie d'avant, j'aurais pu rougir de ce qu'il vient de se passer. Pleurer, hurler même. Mais je suis, dans ma tête, loin de tout ça.

J'économise chaque mouvement. En partie, parce que la force me manque. Et aussi parce qu'il est toujours là, assis sur son tabouret, même s'il regarde ailleurs.

Il reste encore un peu d'eau dans ma bouteille du jour et je m'empresse de la boire.

— Tu as de l'eau, tu n'as pas besoin de plus, m'a dit Alex, le premier jour alors que mon estomac grondait atrocement et après avoir remarqué que le petit lavabo ne fonctionnait pas.

La tête me tourne, je fixe mon regard sur le mur d'en face. La pièce a très peu changé depuis quatre jours. Je peux maintenant confirmer que le matelas est une abomination. Alex m'a apporté des bouteilles d'eau, un seau et... des livres.

— Te regarder lire me passionne. Alors, tu vas le faire, aussi souvent que j'en ai envie, a-t-il dit le deuxième jour, quand j'ai arrêté de frapper dans les murs.

J'ai d'abord refusé, évidemment. Mais quand il a menacé de me priver d'eau, je me suis exécutée, espérant que ça le convaincrait de me laisser partir. Petite joueuse...

— Tu es à moi, totalement, m'a-t-il dit le troisième jour, me plaquant au mur tandis que j'avais essayé de le blesser avec les baleines de mon soutien-gorge. Alors, on va corser un peu le jeu, toi et moi.

En balayant ces pensées, je parviens à me rallonger sur le matelas et j'attends. La suite, la fin peut-être.

Je n'imagine pas une seule seconde passer ma vie ici. Ça ne peut pas m'arriver à moi. Il était mon ami. Ce n'est pas lui qui me fait subir tout ça. Pas Alex, avec qui j'ai partagé tant de choses...

Il se tord les mains, je le vois du coin de l'œil. Étonnée, je l'observe davantage. Les cheveux ébouriffés, la mine sombre, il porte un doigt à sa bouche pour se ronger un ongle puis s'arrête et reprend une position statique. Ne me regarde toujours pas. Tant mieux.

J'aimerais le frapper de toutes mes forces. Le rouer de coups, me sauver d'ici. Retrouver ma vie qui ne me semble plus si pourrie.

Que ferait Rachel, à ma place ? Aurait-elle su s'enfuir, alors que moi j'en suis incapable ?

Que pensent mes parents de ma disparition ? Croient-ils que c'est à cause de ce que j'ai entendu en rentrant des cours, cet après-midi-là ?

— Je pense qu'on pourra se revoir vers le 15, disait ma mère, un sourire dans la voix.

— Ça me va parfaitement, a répondu l'homme assis face à mes parents en buvant une gorgée de je-ne-sais-quoi dans une tasse qu'on n'utilise pas d'habitude.

Du couloir, j'avais ce mec en face de moi. Il ne me disait rien, mais j'avais quand même l'impression d'être là au mauvais moment.

— Nos filles ne seront pas là, ce sera plus pratique, a ajouté calmement mon père. Nous préférons qu'elles ne sachent rien.

Puis mes parents ont vu leur invité regarder dans ma direction, se sont retournés, et je suis montée en courant m'enfermer dans ma chambre. On n'en a pas reparlé.

Je ne sais toujours pas ce que j'ai surpris. Mais j'avais d'autres soucis, plus urgents, et j'ai laissé tomber.

— Lis, ordonne Alex d'une voix atone.

J'attrape un livre sans même en regarder le titre, l'ouvre et commence à lire en essayant de ne pas sauter de lignes. Il y a deux jours, alors que je faisais semblant de lire, Alex m'a giflée et j'ai cru que ma tête allait faire un tour complet sur elle-même. J'ai abandonné l'idée de le duper, du moins sur ce point.

Je pense aux gens à qui j'ai parlé ces derniers mois. JohnSmiss qui s'est évanoui dans la nature du jour au lendemain. Cédric, qui a préféré me virer de chez lui. Ma sœur qui ne connaît pas le quart de mes états d'âme. Alex était le seul à qui je voulais me confier, avec qui j'envisageais de me réconforter. Et il a disjoncté.

— Quand tu m'as donné cette canette de soda, je n'ai eu qu'à y glisser les somnifères que je prends de temps en temps. Je ne savais pas combien il fallait en mettre, mais on dirait que j'ai su m'arrêter à la bonne dose… c'est comme si j'avais fait ça toute ma vie ! m'a-t-il dit alors qu'il me plaquait au sol pour me montrer à quel point j'étais coincée.

Par la suite, j'ai pensé maintes fois à cette phrase. J'ai eu peur de boire les premiers temps, mais je me suis dit que de toute manière, j'étais bloquée ici, alors j'ai cédé. Je me suis aussi demandé s'il avait déjà fait ça à d'autres filles. Mais le côté amateur de certains de ses actes me prouvant le contraire, j'imagine donc que je suis la première. Enfin, j'ai trouvé bizarre que des somnifères se soient retrouvés au sous-sol. Et, avec horreur, j'ai compris qu'il s'était préparé à ma séquestration. Et là, j'ai vraiment commencé à paniquer.

— Tourne les pages, pétasse, me lance-t-il de l'autre bout de la pièce.

D'habitude, il vient plus près de moi quand je dois lire. Qu'est-ce qui lui prend ?

Alors que je tourne une page, l'esprit en ébullition, il attrape son téléphone dans sa poche.

— Merde, chuchote-t-il en se levant prestement.

Il ferme son pantalon, essaie d'arranger ses cheveux. J'aimerais l'étouffer.

S'approchant de moi, il me saisit le menton d'une main, pose l'autre sur mon cou.

— Reste tranquille.

Il serre quelques secondes, puis me relâche brusquement. Toujours en apnée, je le regarde sortir de la pièce et l'écoute monter les marches d'un pas vif. Comme la dernière fois, je suis sûre qu'il a de la visite. Je pourrais crier, mais il m'a répété plusieurs fois qu'on ne m'entendrait pas. Et puis, ce ne serait pas une bonne idée de me manifester maintenant. Parce qu'en partant, il a oublié de m'enfermer à clé. Petit joueur...

Chapitre Trente-Huit

Allya

10 AVRIL 2019, 21 H 59

JE ME COLLE AU MUR PRÈS DE LA PORTE. MES JAMBES tremblent, mes mains sont moites. À un moment, Alex m'a jeté une barre de céréales. J'allais l'engloutir et puis, me souvenant de tous les polars que j'ai lus, je me suis forcée à la séparer en plusieurs morceaux et à mâcher lentement. Il m'en a donné d'autres, de manière aléatoire. Juste assez pour me faire tenir debout.

À la moindre occasion, je devrai agir vite. Alors, malgré mon manque d'énergie, j'entame un échauffement, comme lorsque je vais courir. Courir... le simple fait de penser au sport me paraît si irréel, maintenant.

J'entends des portes claquer, des pas précipités au-dessus de ma tête. Je me demande s'il va revenir me torturer, mais j'entends deux sortes de pas distincts. Qu'est-ce qu'il fait, bordel ? Il séquestre quelqu'un d'autre ?

Je reconnais le bruit de la porte du sous-sol, quelques secondes plus tard. Quelqu'un court dans l'escalier. Des chaussures à petits talons, j'en suis sûre. Ma grande, si tu crois t'échapper par là, tu vas vite déchanter...

Le cœur battant, je me risque à entrebâiller la porte. Juste le temps de jeter un œil à l'intérieur. Juste le temps d'apercevoir ma Rachel, qui court dans tous les sens. Mes mains se mettent à trembler et je me mets aussitôt à lutter contre l'envie de la rejoindre pour la serrer contre moi et oublier tout ça. Et dire qu'il y a quelques jours, je suis partie sans lui dire un mot... maintenant, elle est là. Pourquoi, pour moi ?

Je ne peux pas lui faire signe. Parce que si elle s'affole autant, notre bourreau ne doit pas être très loin.

Alors, je garde la tête froide. Et heureusement, parce que les pas d'Alex ne tardent pas à sérieusement se rapprocher. Je referme la porte, fais demi-tour et réfléchis.

Ma jumelle se met à crier et j'ai l'impression d'être déchirée de l'intérieur. Mais il faut trouver une vraie solution. À moi seule, je ne pourrai pas le neutraliser.

Le sous-sol, je le connais par cœur. Je sais ce que contient le mini-frigo, je connais la cachette sous le canapé, je peux compter dans ma tête le nombre de marches des escaliers. Et c'est aujourd'hui que ces connaissances vont vraiment être utiles.

Je n'entends plus ma Rachel. J'ai un horrible pressentiment, que je tente vainement de repousser. N'y tenant plus, j'entrebâille de nouveau le battant. Dans la pièce principale à peine éclairée, je perçois celui qui a si longtemps été mon ami à califourchon sur ma sœur, en train de l'étrangler. Cette vision d'horreur se teinte de soulagement : il est de dos.

J'hésite une dernière fois avant de quitter l'endroit où j'ai été retenue tous ces jours. Je pensais que ça n'arrivait qu'aux autres. Finalement, je me retrouve à devoir choisir un objet pour en faire une arme.

Je m'avance vers eux, à pas de loups. Il est toujours sur elle, persuadé de gagner. Je suis maintenant derrière lui. Être plus proche d'eux me permet de remarquer ses coupures au visage. Bravo, Rachel. À mon tour.

Un jour, Alex m'a invitée chez lui pour me montrer sa nouvelle lubie : les répliques d'armes à feu. Sa mère lui a offert quelques armes « sympas », jusqu'à ce qu'il s'en lasse. Il n'arrêtait pas de me dire que ce n'était pas dangereux, mais que ça pouvait faire très mal à quelqu'un. Eh bien, on va voir ça.

Il y en a une là, sur une étagère. Il dit que ça fait classe de la laisser là. Et il a raison.

Je ne tire pas sur Alex. Je ne veux pas que lui faire du mal. Non, ça ne suffirait pas. Je veux l'empêcher de nous nuire à nouveau. Prenant l'arme à deux mains, je le frappe sur le crâne. Au deuxième coup, elle atterrit sur son épaule tandis qu'il bascule sur le côté. Je balance mon pied dans son ventre et ses gémissements m'envahissent comme si la pièce avait explosé. Je viens de frapper mon ami. En voulant l'assommer, le blesser... le tuer ?

Rachel

Quand je rouvre les yeux, je réalise que j'ai perdu connaissance, sans doute pas longtemps. Le poids d'Alex sur moi est plus léger et pour cause, il n'y a plus que sa jambe en travers de moi. Il est sur le flanc, recroquevillé, mais peut-être pas indéfiniment. Je lève les yeux à la recherche de ce qui l'a jeté à terre. Et, enfin, je la vois.

Aly se tient au-dessus de nous, continuant de marteler Alex de coups. À la voir dans sa tenue de sport, je suis frappée par l'invraisemblable de la situation. Pourtant elle est là bien vivante, échevelée, une arme à la main qu'elle brandit encore pour frapper notre agresseur. Où a-t-elle bien pu trouver ça ?

Balayant mes douleurs au cou et, en fait, partout, je me relève prestement. Je tends la main vers Allya, comme pour m'assurer qu'elle est bien réelle. Et quand elle laisse tomber l'arme pour glisser sa main dans la mienne, la chaleur qui m'a quittée, il y a quatre jours, me gagne de nouveau. Les larmes inondent mes joues, enfin.

— Merci, disons-nous au même instant — jumelles ou pas jumelles ? — et elle pleure, elle aussi.

Épilogue

Le générique de fin apparaît à l'écran et je
reprends mon souffle.

— Cette série va me tuer ! m'exclamé-je.

— Tu as failli pleurer, hein ?

— Tu rigoles ou quoi ? Je te regardais chialer comme une Madeleine, c'est tout, ris-je tandis que nous descendons l'escalier.

En passant à la cuisine, j'avale un verre d'eau. Ça compensera le cocktail corsé que je boirai tout à l'heure.

— Ça y est, vous partez ?

— Oui, on y va, dis-je en prenant ma pochette.

J'observe mes parents, dans l'encadrement de la porte qui mène au salon. Ma mère a repris des couleurs et mon père rentre plus tôt du travail. Quand on revient du lycée, ils nous demandent ce qu'on a fait de nos journées et même si ça me saoule souvent, ça me fait aussi du bien, parfois.

— Vous avez tout ce qu'il faut ? interroge papa, sur la réserve.

Sans un mot, Aly et moi ouvrons nos sacs et montrons nos bombes lacrymo respectives. Pourvu qu'on ne voie pas que la mienne a été légèrement utilisée.

Ça fait deux mois qu'Aly est rentrée à la maison, après un séjour de quelques heures à l'hôpital. Moi qui ai toujours trouvé le salon trop impersonnel, je m'y suis sentie incroyablement bien quand on s'y est tous installés pour avoir la plus grande discussion qu'on n'ait jamais eue. Allya a raconté ce qu'elle a vécu, par des mots simples et clairs. Comment Alex est passé de meilleur ami digne de confiance au psychopathe complètement dingue. Comment il l'a obligée à réaliser des actions du quotidien, telles que se coiffer, lire ou se brosser les dents dans cette petite pièce sordide de son sous-sol. Comment il l'a contrainte, au fil des jours, à se mettre nue devant lui, pour la regarder longuement avant qu'elle ne puisse renfiler ses vêtements. Il n'a jamais osé aller plus loin que lui effleurer les seins et sur ce point, j'espère sincèrement qu'elle nous dit la vérité.

Comme nous l'avions promis en demandant l'autorisation de sortir, nous montrons également nos portables, nos chargeurs et promettons une nouvelle fois de ne jamais lâcher nos verres.

— On vous a envoyé l'adresse par message, précise Allya en remettant son sac sur son épaule.

— D'accord, souffle maman en nous étreignant tour à tour.

— On ne va pas loin, dis-je pour les rassurer. Et il faut bien qu'on recommence à vivre...

Ils hochent la tête, on est d'accord. Ils me sourient, à moi seulement, et je souris à mon tour.

Quand Allya a eu fini de raconter, j'ai dû m'y coller aussi. Et ça n'a pas été facile de dissimuler une grande partie de l'histoire. Mais j'ai bien fait comprendre à mes parents que je voulais connaître le fin mot, et leur rôle dans tout ça.

— Nous ne savions vraiment pas où tu étais, ma chérie, a commencé mon père, la mine défaite. Mais nous pensions que tu avais voulu... prendre l'air, t'éloigner après nous avoir vus... avec Christophe. On ne savait pas... comment t'en parler.

— Mais qu'est-ce que ça veut dire? ai-je murmuré, les bras croisés.

— Christophe... c'est notre... donneur, a repris ma mère.

En toute franchise et à grand renfort de regards gênés, nos parents nous ont expliqué qu'ils voulaient concevoir un autre enfant, et ce depuis quelques années.

— Mais la vérité... c'est que nous avons toujours eu des... soucis de fertilité, souffle ma mère.

— Toujours? a souligné Allya en ouvrant de grands yeux et, pour être sincère, j'ai dû afficher la même expression.

Nous avons tout simplement appris que nous étions nées d'une insémination avec donneur de sperme. Ce n'était pas un drame et pourtant ils avaient terriblement peur que nous le sachions. Alors, histoire d'éviter les délais des centres de PMA et de faire ça en toute discrétion, ils se sont tournés vers Internet pour trouver un donneur volontaire comme on trouve du fard à paupières en promo.

— On ne pouvait pas en parler... votre père craignait...

Aly et moi avons acquiescé, Maman s'est tue. C'était si simple que ça. Un secret difficile à dévoiler, un sérieux manque de communication et... c'est moi qui en ai pâti.

— Vous avez laissé les flics me soupçonner... vous avez sous-entendu que ça pourrait être de ma faute! ai-je sangloté.

J'ai pensé à quitter la pièce. À partir très loin d'ici, les laissant tous les trois former une famille parfaite. Toutefois, sans que je le voie venir, mes parents m'ont serrée fort contre eux, les yeux pleins de larmes. J'ai accepté leurs excuses maladroites et, malgré moi, j'ai pardonné.

— Ce n'est de la faute de personne ici, a alors conclu ma sœur. Qu'on se soit disputées juste avant mon départ, ou que vous ayez reçu votre donneur de sperme, c'est Alex qui m'a enfermée pendant quatre jours, point final. Et vous êtes nos parents. Tous les deux.

Il fait bon, ce soir. Nos talons claquent sur le trottoir et un vent de liberté nous pousse dans le dos. Aly s'est coiffée, maquillée, apprêtée. Elle a vraiment envie d'y aller.

— Merci, m'a-t-elle dit quand nous nous sommes retrouvées dans notre chambre ce soir-là.

— De quoi ? ai-je fait semblant de demander.

En vérité, j'ai tout de suite su de quoi elle parlait. Mais on s'était mises d'accord, assises sur nos lits d'hôpital respectifs, dans le service d'observation. J'ai très vite compris que ma sœur n'avait pas pu harceler un mec par SMS.

— Il les envoyait devant moi, m'obligeait à en écrire certains avec les pires insultes. Putain, j'ai cru devenir folle.

— On sait que c'est un malade. Il a appris que tu avais une relation avec un mec du lycée et il a pété un câble.

Elle a ouvert des yeux ronds.

— Avec tout le mal que vous vous êtes donné pour garder ce secret, on ne va pas tout foutre en l'air maintenant, si ?

Les yeux humides, elle m'a souri. Et on a espéré ensemble que Cédric n'ait rien dit aux flics.

En fait, Cédric n'a pas eu besoin de mentir. Les flics se sont vite désintéressés de lui, occupés à retrouver ma trace, persuadés que je les mènerais au bout de cette enquête. Pour une fois, ils ont fait leur boulot.

— Ça fait du bien, souffle-t-elle, et j'acquiesce, sans rien ajouter.

Ça fait du bien de marcher dans la rue, librement. De revenir à d'anciennes habitudes. De profiter de la vie, tout simplement.

Mes parents ont interrogé Aly sur sa « relation avec un mec du lycée ». Elle a parlé d'un vague flirt, et ça a fonctionné. On craignait qu'Alex ne vende la mèche, mais il s'est apparemment enfermé dans le mutisme. Et dans trois mois, à notre majorité, ce ne sera plus un problème.

En revanche, Aly a enfin pu nous fournir plus d'informations sur JohnSmiss, qu'on a pris pour cible pendant longtemps. Presque à voix basse, elle nous a confié ce qu'elle savait.

— Quand Alex me menaçait de ne pas me donner d'eau ou de me laisser pourrir dans cet endroit fermé à clé, il me dévoilait certains détails de ma vie. Il évoquait les performances sportives que je n'aurais plus, ou les mecs virtuels à qui je ne pourrais plus parler... c'était... il était JohnSmiss. Pendant tout ce temps, j'ai cru me confier à un ami totalement extérieur à mon quotidien, mais c'était à Alex que j'écrivais du matin au soir. Il me l'a fièrement expliqué. Je ne sais pas comment est née cette idée ni la finalité de son geste. Mais il m'a répété que je lui appartenais et qu'il avait besoin de tout maîtriser à mon sujet.

Alors que nous étions, mes parents et moi, sous le choc, elle a poursuivi :

— Quand je l'ai rejoint chez lui cette nuit-là, il pensait que j'allais lui raconter que cette relation virtuelle s'était terminée brutalement. Il imaginait pouvoir me consoler ou je ne sais quoi d'autre. Mais il a compris que je lui parlais... d'un autre, d'un flirt bien réel. Alors... je crois que quelque chose a implosé en lui.

Je lui ai saisi le bras. Mon père l'a prise par les épaules et ma mère a posé sa main sur son genou. Elle est restée forte, déterminée. Elle a perdu deux amis, qui n'étaient en fait qu'une seule et même personne. Mais elle ne se laissera pas abattre.

— Tu vas t'éclater, déclare Allya en me donnant un coup de coude alors que nous prenons une rue sur la droite.

— Toi aussi, chanceuse !

Son regard se fait rêveur et je voudrais éprouver ce qu'elle ressent.

Et dire que cet enfoiré a failli me la voler... Alex a été placé en hôpital psychiatrique. Sa mère a dû revenir en urgence, parce qu'elle travaillait à l'autre bout du monde. Et, le jour où on l'a croisée par hasard au supermarché, elle a fondu en larmes en se cachant dans le rayon des produits d'entretien. J'aurais voulu lui dire que ça n'avait rien à voir avec elle. Mais au fond, je n'avais pas envie de lui parler. Allya m'a tirée par le bras, et on est sorties du magasin.

Cheveux-Gris est revenu à la maison, sans son carnet cette fois. Il nous a dit qu'Alex avait déliré pendant une semaine, qu'il ne s'était pas rendu compte des conséquences de ses actes.

— Du moins, c'est ce que disent ses médecins... avait-il terminé sur un ton d'excuse.

Tu parles... il était parfaitement conscient de ce qu'il faisait, quand il me donnait des indices bidon pour me lancer sur de fausses pistes. Il était parfaitement lucide quand il me disait qu'on allait retrouver le salaud qui avait fait du mal à ma sœur. Quand il m'a presque embrassée... Mais on nous a expliqué qu'il fallait passer à autre chose au vu de son internement, alors on essaie.

On s'effleure la main, en marchant vers le prochain carrefour. La mine radieuse, elle ressemble de nouveau à une ado normale, à qui on n'a jamais volé la liberté. Elle est même plus lumineuse qu'auparavant.

— Téléphone allumé ? demande-t-elle.

— Toujours. Excuse aux parents ?

— « Elle est partie aux toilettes, elle rappelle quand elle sort », récitons-nous en chœur.

Un dernier sourire, avant plusieurs heures.

— Tu es sublime, lui glissé-je, la gorge serrée.

C'est vrai qu'elle est belle. Elle porte une veste que je n'aurais jamais mise, elle a un sac différent du mien. Et j'ai enfin compris que c'était cool.

Elle part à gauche, et moi à droite. Un signe de la main, et... chacune sa soirée ! Je vais boire un bon coup, danser à en perdre la raison et peut-être m'envoyer en l'air si le cœur m'en dit. Et elle... je n'ai pas les détails. Tout ce que je sais, c'est que Cédric l'attend. Et ça me suffit.

FIN

175

À propos de l'auteur

Premièrement, merci d'être arrivé(e) jusque-là !

Je crois que le temps est venu de me présenter !

Même si c'est un peu cliché, j'écris des histoires depuis toujours. Et quand je n'écris pas, j'imagine perpétuellement des lieux, des personnages, des ambiances, même à l'aube de mes 27 ans...

D'abord autrice de fanfictions sur un site consacré à Harry Potter, je me suis ensuite lancée dans l'écriture de romans destinés à être publiés et, après une romance que j'ai retirée du commerce pour la réécrire en profondeur, Rejoins-Moi a fait son apparition.

Alternant entre romances et polars, j'ai surtout à cœur de proposer des personnages qui pourraient être nos amis, nos voisins, ou nous-mêmes tout simplement.

En plus de mes futures publications, retrouve-moi également sur mon site Internet :

https://www.anais-colin.fr/

Tu pourras ainsi découvrir mes nouvelles gratuites en t'inscrivant à ma newsletter pour suivre toutes mes actualités !

À bientôt !

Remerciements

Beaucoup de personnes m'ont inspirée, aidée, épaulée dans la réalisation de ce livre et, malheureusement, j'en oublierai peut-être certains. Désolée.

Tout d'abord, merci à toi, mon frère, pour ton écoute lorsqu'énoncer à voix haute l'intrigue d'un roman devient nécessaire. Merci de m'avoir dit un jour que je n'avais qu'à « me publier ». Merci pour les suggestions farfelues et les critiques constructives.

Merci à Jenny, Cindy et Deborah, d'avoir lu ce livre en avant-première pour me faire des retours essentiels.

Merci à Annabel, ma correctrice, et à Louv'Graphisme, ma graphiste, pour leur travail de qualité.

Merci à toi, Laure, pour ton travail autour de ma communication et ton adaptation à mes besoins. Merci d'écouter mes 5000 idées par minute et d'y répondre le mieux possible.

Merci à mes parents, qui vont lire ce livre alors qu'ils ne lisent jamais, le montrer à tout le monde et me dire franchement ce qu'ils en pensent.

Enfin, merci à tous ceux qui ont accordé du temps et de l'énergie à découvrir ce roman et... « puisse le sort vous être favorable »...

www.ingramcontent.com/pod-product-compliance
Lightning Source LLC
LaVergne TN
LVHW042109190726
843493LV00006B/1419